Tytuł oryginalny: *Gold of the Gods*

Tłumaczenie: Arkadiusz Belczyk

Redakcja: Joanna Zaborowska

Korekta: Dorota Dąbrowska

Projekt okładki: PANCZAKIEWICZ ART.DESIGN

Zdjęcia: Discovery (s. 4; okładka),
www.dreamstime.com (ilustracja; okładka)

Skład i opieka techniczna: Paweł Kanik

Redaktor prowadząca: Agnieszka Marekwica

Redaktor naczelna: Agnieszka Hetnał

Wydawnictwo Pascal sp. z o.o.
ul. Kazimierza Wielkiego 26
43-300 Bielsko-Biała
tel. 338282828, fax 338282829

ISBN 978-83-7513-947-1

Wydrukowano na papierze: Creamy 70g, dostarczonym przez Zing Sp. z o.o.

MISJA:
PRZETRWANIE

BEAR
GRYLLS

ZŁOTO
BOGÓW

Pascal

O AUTORZE

Bear Grylls od zawsze kocha przygody. Alpinista, odkrywca, ma czarny pas w karate. Przeszedł szkolenie w brytyjskich oddziałach specjalnych SAS, gdzie nauczył się sztuki przetrwania. W wieku 21 lat przeżył ciężki wypadek podczas skoku spadochronowego – złamał kręgosłup w trzech miejscach. Mimo to po dwóch latach rehabilitacji zrealizował swe dziecięce marzenie i jako najmłodszy Brytyjczyk w historii stanął na szczycie Mount Everestu. Wyczyn ten odnotowano w *Księdze rekordów Guinnessa*. Jest znany dzięki swym fascynującym wyprawom oraz z programu telewizyjnego *Szkoła przetrwania* prezentowanego na kanale Discovery Channel.

Książkę tę dedykuję Marmaduke'owi,
mojemu drugiemu synowi
i kolejnemu oczku w głowie taty.
Mam nadzieję, że Ci się spodoba
i pewnego dnia wspólnie przeżyjemy
taką przygodę.

W końcu deszcz niemal ustał. Rytmiczne bębnienie o korony drzew wysoko w górze zamieniło się w daleki szmer. Gdy pojedynczy snop słonecznego światła przebił się w głąb dżungli, ciszę zakłócało już tylko posępne „kap, kap, kap" wody pluskającej o błotniste kałuże.

Dolne gałęzie drzew okupowało stado wyjców, z zaciekawieniem wytężających wzrok w półmroku. Ich spojrzenie wędrowało za jasnym promieniem słońca ku miejscu na dnie dżungli, gdzie w plamie światła leżał jakiś przemoczony kształt z rozrzuconymi kończynami. Co parę minut któraś z małp wydawała mrożący krew w żyłach wrzask i gwałtownie potrząsała gałęzią, na której siedziała.

Ale małpy zaczynały już tracić zainteresowanie tym dziwacznym nieowłosionym stworzeniem, które leżało w bezruchu, jakby nieżywe. Przestało być zabawne. Kiedy najpierw obrzuciły je z drzew patykami, próbowało się bronić przed gradem pocisków. Raz nawet wrzasnęło coś do małp w ich własnym języku. Ale teraz było równie nieruchome jak kopczyk ziemi, zupełnie już nieciekawe. Najwyższa pora przenieść się gdzieś indziej.

Kiedy w oddali z wolna ucichły małpie hałasy, z bezwładnego kształtu wydobyło się westchnienie, które zabrzmiało niemal po ludzku. Udawanie martwego nie było strategią przetrwania zazwyczaj stosowaną przez Becka Grangera. Zwłaszcza w przypadku stada agresywnych, młodych wyjców. Ale ponieważ był na skraju wyczerpania, musiał bardzo dbać o te resztki sił, jakie mu jeszcze pozostały.

A gdzieś niedaleko ciągle czaiło się znacznie większe niebezpieczeństwo. Dżungla w kolumbijskich górach Sierra Nevada miała tylko jednego władcę i nie był nim człowiek. Kiedy zaczynało się ściemniać, na obchód swego terytorium wyruszał potężny jaguar, król wszystkich kotów w dżungli.

Przez cały dzień chłopiec czuł, jak słabnie w nim duch, atakowany równocześnie przez deszcz, gorąc i głód. Zbierając ostatki sił i przypominając sobie wszystko, czego się uczył w dzieciństwie o sztuce przetrwania, zmuszał się do wędrówki. Wbrew wszelkiemu prawdopodobieństwu wciąż żył, a gdzieś tam znajdował się cel, którego szukał.

W gorączkowym śnie raz jeszcze stanął twarzą w twarz z Indianinem. Pamiętał, jak po raz pierwszy zobaczył jego błyszczące oczy. Wydawało się teraz, że to było tak dawno temu. Karnawał. Bliźnięta. Don Gonzalo. Ta niezwykła noc na placu. Początek rozpaczliwych poszukiwań Zaginionego Miasta.

I wtedy sobie przypomniał. Na szyi wisiał mu zabłocony amulet w kształcie złotej ropuchy, z szeroko otwartym pyskiem i oczami lśniącymi w słońcu. Beck poczuł w żyłach przypływ adrenaliny. Wciąż miał jeszcze jedną szansę.

Zrobił długi, głęboki wdech i przyłożył amulet do warg.

A potem dmuchnął.

ROZDZIAŁ PIERWSZY

Beck Granger wyszedł na balkon pięcio-gwiazdkowego hotelu Casa Blanca i cicho zagwizdał.

– Ja chyba śnię – mruknął sam do siebie.

Przy akompaniamencie wiwatujących gapiów z wąskich brukowanych uliczek na główny plac poniżej wylewał się niekoń-czący się korowód ruchomych, karnawa-łowych platform. Nad tłumem kołysały się chybotliwie kukły mężczyzn z fantazyj-nymi wąsami, odzianych w obcisłe kubra-ki z marszczonymi kołnierzami. Co kilka minut, gdy pojawiała się jakaś szczególnie efektowna platforma, okrzyki entuzjazmu nasilały się. Doroczny karnawał w Carta-genie trwał w najlepsze, a delikatny wiatr niósł dźwięki salsy, conga, rumby i karaibskich orkiestr dętych.

Za plecami Becka, w sali balowej, z której właśnie wyszedł, wszystko wyglądało zupełnie inaczej. Wytwornie ubrani dygnitarze gawędzili w niedużych grupkach, a między nimi krążyli dyskretnie kelnerzy w wykrochmalonych koszulach. Kwartet smyczkowy grał walca. Beckowi zdawało się, że rozpoznaje melodię z nudnawej kolekcji starej muzyki klasycznej wuja Ala.

– Ale fajnie! – mruknął pod nosem któryś już raz tego dnia. Kolumbia to był z pewnością zupełnie inny kraj. I zupełnie inny świat. Beck wrócił w myślach do poprzedniego tygodnia. Koniec z chodzeniem na śniadanie szkolną alejką w deszczu. Koniec z panem Braintree i dodatkową matematyką przez cały miesiąc. A pani Armington (pani „Pancernik", jak ją nazywali chłopcy) będzie się musiała zadowolić pokrzykiwaniem na gołębie na szkolnym dziedzińcu, bo uczniowie rozjechali się na wielkanocne ferie. Beck tak się radośnie wykrzywił na tę myśl, że niemal zabolała go szczęka.

– Beck! *Hola! Amigo!*

Głos wyrwał go z zamyślenia. Uśmiechały się do niego szelmowsko dwie identyczne, nastoletnie twarze o wysokich kościach policzkowych i zakrzywionych brwiach. Okrzyk dobiegł równocześnie spod dwóch jednakowych brązowych czupryn. Gdyby nie wielkie, złote kolczyki dyndające z uszu głowy po prawej, Beck przysiągłby, że mu się dwoi w oczach.

– Marco. Christina. *Buenos días.*

Choć przebywał w Ameryce Południowej dopiero od dwudziestu czterech godzin, zdążył już przyswoić sobie garść przydatnych, hiszpańskich zwrotów, z pewnością jednak nikt nie wziąłby go za rodowitego Kolumbijczyka. Na szczęście bliźnięta trochę lepiej władały angielskim. Poznały się z Beckiem wczoraj, gdy wraz z ojcem witały go i jego wuja na lotnisku, mimo to już czuł się członkiem rodziny.

– Mam nadzieję, señor Beck, że podoba się panu nasze małe przyjęcie – powiedział Marco. – Świetnie się złożyło, że przyjechaliście do nas akurat teraz. Nasz karnawał jest najlepszy. W Kolumbii umiemy się bawić. Ale wejdź lepiej do środka, tata za chwilę wygłosi przemówienie. Dowiemy się w końcu, o co w tym wszystkim chodzi.

– I dlaczego przyjechałeś do nas z wujkiem – dodała Christina. – Czy to nie dziwne, że nic ci nie powiedział?

– Nauczyłem się nie zadawać pytań – odparł Beck znużonym głosem. – Wujek Al mawia, że cierpliwość jest cnotą. W ciągu roku szkolnego lubi trzymać swoje plany w tajemnicy, żebym się nie odrywał od nauki. Tak w każdym razie twierdzi.

Ruszyli za Christiną z powrotem do sali balowej, gdzie kwartet smyczkowy przestał już grać i w wyczekującym tłumie powoli cichły głosy. Przeciskając się pośród gości, przeszli na drugą stronę wielkiej sali. Beck dostrzegł wuja, który rozmawiał ożywiony z grupką jakichś ważnych osobistości. Sądząc po na wpół opróżnionej lampce szampana w jednym ręku i grubym kubańskim cygarze w drugim, doskonale się bawił w tym gronie.

Profesor sir Alan Granger miał już dobrze po sześćdziesiątce i był jednym z najbardziej cenionych antropologów na świecie. Jego prace naukowe o zwyczajach plemiennych zdążyły już zyskać rangę klasyki i stały się lekturą obowiązkową na uniwersytetach całego świata. A niedawno, gdy pojawił się w jury telewizyjnego reality show, został w Wielkiej Brytanii prawdziwą gwiazdą.

Ale dla Becka zawsze będzie po prostu wujkiem Alem – który lepiej się czuje, badając szczątki zwęglonej kości na dnie wykopalisk czy kawałek pergaminu pod mikroskopem, niż obracając się pośród bogatych i sławnych.

Wuj Al był prawnym opiekunem Becka od tamtego straszliwego dnia, kiedy dyrektor szkoły posłał po niego, by mu przekazać wiadomość, że jego rodzice zaginęli i przypuszczalnie nie żyją. Ich awionetka rozbiła się w dżungli, a jej szczątki rozsypały się na obszarze wielu kilometrów kwadratowych. Ciał nigdy nie odnaleziono, a przyczyn katastrofy nie ustalono.

W ciągu trzech lat, od tragicznej śmierci rodziców, Beck zżył się bardzo z wujem Alem, który stał się dla niego drugim ojcem. Przez kilka miesięcy chłopiec był zrozpaczony, ale optymizm cioci Kathy i wujka Ala stopniowo podnosił go na duchu.

Jak większość rodziny Grangerów wuj Al nigdy nie mógł za długo usiedzieć w domu. Ze względu na swą pracę często na całe miesiące wyjeżdżał w odludne zakątki świata, ale jeśli tylko taki wyjazd zbiegł się w czasie z feriami szkolnymi, zawsze zabierał ze sobą Becka. I już kilka razy miał powody, by być wdzięcznym chłopcu za jego umiejętności radzenia sobie w trudnych sytuacjach.

Mając zaledwie trzynaście lat, Beck wiedział więcej o sztuce przetrwania, niż większość wojskowych specjalistów dowiadywała się w ciągu całego życia. Jego ojciec, David Granger, był szefem operacji specjalnych w Jednostce Zielonej, bardzo aktywnym ugrupowaniu ekologicznym, a cała rodzina miała okazję mieszkać w wielu najbardziej niegościnnych rejonach świata, od Antarktydy po afrykański busz.

Kilka tygodni przed końcem semestru Beck otrzymał e-mail wysłany z telefonu satelitarnego z jakiegoś odludzia nad Amazonką. Burmistrz Cartageny zaprosił wuja Ala do Kolumbii, do swojego domu, na wielkanocne ferie. Beck, któremu zarezerwowano już bilet na samolot, miał dolecieć, gdy tylko skończą się lekcje.

Beck przypuszczał, że zaproszenie oznaczało coś więcej niż tylko wakacje w ciepłym kraju, ale wuj Al nie chciał mu nic więcej powiedzieć. Chłopiec spędził deszczowe popołudnie w szkolnej bibliotece, by odnaleźć Kolumbię na mapie Ameryki Południowej, a potem poszukać w Internecie informacji o zagadkowym burmistrzu Cartageny.

Rafael de Castillo, którego teraz znał bardziej jako ojca Marca i Christiny, był w prostej linii potomkiem sławnego konkwistadora Don Gonzala de Castillo, towarzysza Krzysztofa Kolumba w jego wyprawach do Nowego Świata. Gonzalo zasłynął jako założyciel Cartageny, zdobył bajeczny majątek i zginął w tajemniczych okolicznościach, powróciwszy z wyprawy w pobliskie góry Sierra Nevada.

Beck i bliźnięta dopchali się w końcu na odległość paru metrów od podwyższenia pod ścianą wspaniałej sali balowej w hotelu Casa Blanca. Kiedy wyciągali szyje, by lepiej widzieć mówców, z głośników dobiegł pisk, a potem czyjeś chrząknięcie, wzmocnione przez system nagłaśniający.

– *Señoras y señores* – zagrzmiał głos.

Po tym zagajeniu rozległy się uprzejme oklaski i do mikrofonu podszedł ojciec bliźniąt. Don Rafael, wysoki mężczyzna o starannie ułożonych, ciemnych włosach, przypominał Beckowi hollywoodzkiego gwiazdora z dawnych, czarno-białych filmów. Był niewątpliwie doświadczonym mówcą. Słuchacze co chwila uśmiechali się i reagowali na jego słowa wybuchami wesołości.

– Zawsze mówi to samo – Christina zawołała Beckowi do ucha, przekrzykując wrzawę. – Zobaczysz, zaraz się pogładzi po wąsie. Zawsze tak robi, kiedy jest z siebie zadowolony – Marco i Christina zachichotali w duecie, gdy Don Rafael uczynił dokładnie to, co przewidzieli.

Tłum gości znów się uciszył, kiedy powaga malująca się na twarzy burmistrza powiedziała im, że ich gospodarz przechodzi do najważniejszej części wystąpienia. Teatralnym gestem wskazał wielkie malowidło olejne w okazałej pozłacanej ramie, wiszące za nim na pokrytej dębową boazerią ścianie. Był to portret mężczyzny mniej więcej w tym samym wieku co Don Rafael, odzianego w kaftan i obcisłe spodnie, który spoglądał w dal z murów obronnych w porcie. Prawą ręką wskazywał flotę wojenną pod pełnymi żaglami, z banderami powiewającymi na wietrze.

Beck nagle zrozumiał, kogo musi przedstawiać portret. Kiedy ojciec bliźniąt przyjął taką samą dostojną pozę, zdawało się, że oto powstał z grobu wielki konkwistador Gonzalo de Castillo, założyciel Cartageny. W sali balowej kolejny raz zagrzmiały spontaniczne oklaski.

– Widzisz rodzinne podobieństwo? – Marco przekrzykiwał hałas. – Ten nos rozpoznałbym wszędzie. Dobrze, że go nie mamy po tacie.

– Mam nadzieję, że nie zaprosił tu tych wszystkich ludzi tylko po to, żeby im powiedzieć, że się uważa za konkwistadora – dodała Christina. – To by był totalny obciach.

Kiedy brawa ucichły, Beck wyłowił z przemowy słowa *famoso antropólogo inglés*. Wszystkie oczy zwróciły się na wuja Ala, który skłonił się uprzejmie swemu gospodarzowi i słuchaczom. Za charakterystyczną ekscentrycznością, którą tak zachwycił telewidzów „mamroczący pod nosem sympatyczny wujcio w słomkowym kapeluszu" – jak go opisał pewien krytyk – krył się jeden z najbystrzejszych umysłów jego pokolenia.

Don Rafael mówił teraz szybko, zgromadzeni w sali balowej słuchali go z jeszcze większą uwagą, w zupełnej ciszy, a na ich twarzach malowało się wyczekiwanie. Ale dopiero gdy burmistrz wypowiedział nazwę „Eldorado", Beck zdał sobie sprawę, że dzieje się coś niezwykłego. Miny rodzeństwa były wymowne: oboje rozdziawili usta w zdumieniu. Burmistrz przemawiał dalej, z coraz większym entuzjazmem w głosie.

– Tata sądzi, że wie, gdzie znaleźć Zaginione Miasto – wyszeptał podekscytowany Marco. – Odkryła je w dżungli grupka konkwistadorów pod wodzą Gonzala, ale potem, na kilka wieków, znów ślad po nim zaginął. Nikt nie wiedział, gdzie go szukać. Aż do teraz.

– A twój wujek przyjechał po to, by nam pomóc je odnaleźć – dodała Christina. – Wyprawę dotąd trzymano w tajemnicy, ale wszystko jest już gotowe i wyruszy w przyszłym tygodniu.

– Witaj w Kolumbii, *amigo*!

ROZDZIAŁ DRUGI

Kiedy przemówienia dobiegły końca, Beck i bliźnięta, potykając się o własne nogi, wbiegli po stopniach na podwyższenie, czym wywołali wielki uśmiech na twarzy wuja Ala. Burmistrza Rafaela otaczali rozentuzjazmowani oficjele, ale wuj Al wolał porozmawiać z trójką podekscytowanych nastolatków.

– Utrzymanie tego w tajemnicy przed tobą było największym wyzwaniem w całym moim życiu, młodzieńcze – powiedział, uśmiechając się promiennie. – Ale mój przyjaciel Rafael bardzo na to nalegał. Bo tutaj postępuje się inaczej. Ściany mają uszy. Wystarczy jedno nieostrożne słowo i będzie po wszystkim. Rozumiesz, o co mi chodzi?

Postukał się palcem w nos i uniósł brew, przyglądając się badawczo bratankowi.

Kątem oka Beck zauważył, że bliźnięta gapią się na wuja Ala, jak gdyby mówił po staroarabsku.

– Mam nadzieję, że zabierzecie nas do tego Zaginionego Miasta – powiedział Beck, gdy w końcu zdołał dojść do słowa. – To się zapowiada dużo ciekawiej niż nasza ostatnia wyprawa. – Ostatnim razem był z wujem Alem w odludnym rejonie Sudanu, gdzie wraz z ekspedycją naukową mieli szukać śladów cywilizacji dawnych Nubijczyków. – Zwłaszcza że tym razem zaginęło miasto, a nie my – dodał z łobuzerskim uśmiechem.

– Wystarczy, młodzieńcze – wuj wtrącił szybko, mrugając okiem do bliźniąt. – Nie można się znać na wszystkim. Zgubiłem wątek. Nas też zgubiłem. *Mea culpa. Dorkus maximus* i tak dalej.

– Mam nadzieję, że tych dwoje nicponi dobrze się tobą opiekuje, Beck – rozległ się tubalny głos z ciężkim hiszpańskim akcentem. Burmistrz Rafael wykręcił się z tłumu oficjeli i kroczył teraz przez podwyższenie, by do nich dołączyć. Pochylił się nad bliźniętami i z dumą przytulił je do siebie.

– Właśnie mi mieli opowiedzieć o pana przodku Don Gonzalu i Zaginionym Mieście – odparł Beck, wciąż lekko onieśmielony potężną postacią Don Rafaela. Burmistrz miał na sobie oficjalny strój służbowy z fioletową szarfą i kapeluszem, który wyglądał, jakby po raz ostatni nosił go któryś z konkwistadorów Gonzala.

– Nasz tata uważa się za Gonzala. Prawda, tato? – powiedział Marco.

– Dlatego został burmistrzem – zauważyła Christina, uśmiechając się szelmowsko do ojca. – Żeby móc się przebierać w te śmieszne stroje. – Szturchnęła go żartobliwie w brzuch.

– Ale Beck chciałby wiedzieć, czy możemy się przyłączyć do wyprawy w poszukiwaniu

Zaginionego Miasta, prawda? – mówiła dalej, kiwając porozumiewawczo głową w stronę chłopca.

– Nie... to znaczy... tego... właściwie tak, proszę pana – plątał się Beck.

Donośny głos gongu zagłuszył odpowiedź burmistrza. W tej samej chwili pojawił się przy nim umundurowany mężczyzna w ciemnych okularach i czapce z daszkiem ozdobionej złotą lamówką, który szepnął mu coś do ucha. Beck zauważył długą bliznę na policzku nieznajomego i jego zroszone potem czoło.

Burmistrz Rafael lekko zmarszczył brwi, jak gdyby zirytowany słowami policjanta, po czym z wymuszonym uśmiechem zwrócił się do Becka:

– Wygląda na to, że trzeba się zbierać. Ramirez mi przypomniał, że punktualnie o siódmej muszę rozpocząć pokaz sztucznych ogni, a jesteśmy nieco spóźnieni. Twój wujek i ja musimy... pokazać się ludziom.

Tak to się chyba mówi po angielsku? Beck, może byś poszedł z moimi dziećmi obejrzeć karnawał? A potem dołączycie do nas i będziemy oglądać fajerwerki.

Beck i bliźnięta zostawili burmistrza i profesora Grangera w towarzystwie Ramireza, wyszli z hotelu i zanurzyli się w tłum uczestników karnawału.

– Biegnij z nami, jeśli potrafisz – zawołał Marco, przekrzykując wrzawę. – W kościele po drugiej stronie placu jest coś, co musisz zobaczyć. To ci wiele wyjaśni w sprawie Zaginionego Miasta.

Karnawał rozkręcił się na dobre i Beck poddał się falowaniu ogromnego tłumu. Chwilami zdawało mu się, jakby to było wzburzone morze, na którym on sam podskakuje jak korek. Gdziekolwiek spojrzał, jego wzrok przyciągały niezwykłe widoki, a mózg terkotał mu i rejestrował obrazy niczym kamera.

Na straganach wokół placu uliczni sprzedawcy oferowali skwierczące kawałki mięsa pieczonego na gorących cegłach i zawijanego w palmowe liście. Na chodnikach piętrzyły się stosy owoców, obok których stąpały z gracją nieskazitelnie oporządzone, białe konie.

Pośrodku placu stał w tłumie uliczny artysta z białą, pokrytą kredą twarzą i wargami w kolorze wiśni. Był to mim, który bezdźwięcznie naśladował ruchy niczego nie podejrzewających przechodniów. Beck roześmiał się, kiedy mężczyzna zakołysał biodrami w stronę nieświadomej tego młodej señory w sukni w grochy.

Kiedy troje nastolatków w końcu dotarło na przeciwległą stronę placu, Beck spojrzał w górę na okazałą fasadę kościoła Najświętszej Maryi Panny. Jego złociste iglice lśniły w świetle zachodzącego słońca, a z niszy nad olbrzymimi drewnianymi drzwiami pogodnie spoglądała na nich pięknie rzeźbiona figura Madonny z Dzieciątkiem.

Na szczycie majestatycznych kamiennych schodów Beck rozpoznał charakterystyczne rysy twarzy konkwistadora Don Gonzala. Posąg najwyraźniej wzorowano na olejnym obrazie wiszącym w sali balowej hotelu Casa Blanca.

– Don Gonzalo ma miejsce z najlepszym widokiem na całym placu – zaśmiała się Christina. – Gdy byłam mała, kiedyś w czasie karnawału tata posadził mu mnie na barana i zrobił zdjęcie. Teraz staruszek już by nie utrzymał mojego ciężaru i odpadłaby mu głowa.

– Na temat naszych przodków istnieje wiele legend – powiedział Marco. – I nikt do końca nie wie, ile w nich jest prawdy. Wiadomo na pewno, że Gonzalo był kapitanem statku, który jako pierwszy w 1512 roku dotarł do Ameryki Południowej. Przybił do brzegu niedaleko stąd. Według opisów w starych księgach było tam niemal jak w raju. Palmy kokosowe i ciągnące się bez końca, białe, piaszczyste plaże. Konkwistadorzy pewnie żałowali, że nie zabrali ze sobą desek do surfowania. Ale z drugiej strony Don Gonzalo raczej nie miał za wiele czasu na wypoczynek.

– Początkowo sądzili, że cały ten odcinek wybrzeża jest niezamieszkany – podjęła opowieść Christina. – Ale potem znaleźli ślady w lesie i zdali sobie sprawę, że jednak żyją tu jacyś ludzie. Dziś nazywamy ich Kogi.

– Jak? – zapytał Beck.

– Kogi – powtórzyła Christina. – To indiańskie plemię z lasów Sierra Nevada nad morzem. Są trochę podobni do Majów i Azteków, których Cortés odkrył w Meksyku. Tyle że Kogi nigdy nie ulegli konkwistadorom i po dziś dzień żyją w górach, tak jak kiedyś. Uczymy się o nich w szkole, ale rzadko ich można zobaczyć. Są bardzo nieśmiali i unikają kontaktów z mieszkańcami miast. Umieli wyrabiać złotą biżuterię zupełnie jak Aztekowie – mówiła dalej. – Ale złoto nie było dla nich pieniądzem, jak dla nas. Składali je w ofierze bogom. Grzebali przedmioty ze złota w ziemi w swych świętych miejscach albo wrzucali je do świętych jezior. Stąd narodziła się wśród konkwistadorów wiara w istnienie Eldorado, Złotego Miasta.

– Czyli, jeśli dobrze rozumiem – powiedział zaintrygowany Beck, spoglądając na rodzeństwo – wasz prapraprapradziadek, czy jak mu tam, wylądował na brzegu morza i ruszył szukać Eldorado w górach, gdzie żyli Indianie Kogi.

Marco skinął głową i popatrzył mu prosto w oczy.

– Kiedy Gonzalo znalazł miasto, miał tylko kilku towarzyszy, wrócił więc do Cartageny, żeby zorganizować nową wyprawę. Tymczasem Indianie opuścili miasto i tak skutecznie zamaskowali drogi wiodące do niego przez dżunglę, że już po raz drugi nie zdołał tam trafić. Z zemsty Gonzalo spalił wioskę Kogi, a wkrótce potem zmarł. Niektórzy uważali, że został otruty.

Ale jedyne, co wiemy na pewno, to to, jak brzmiały jego ostatnie słowa.

Bliźnięta wskazały herb wyrzeźbiony na cokole posągu Don Gonzala. Beck przeczytał głośno trzy słowa wyryte tam kunsztownym, gotyckim pismem.

– *Perdido. No. Más.* Co to znaczy?

– *Perdido no más* – powtórzył Marco. – Rodzinne motto. To znaczy „Już nie zaginione". Ale dlaczego Gonzalo to powiedział, skoro nie umiał wrócić do Zaginionego Miasta, nie wiadomo.

– Powiedziałeś, że został otruty – zamyślił się Beck. – Przez kogo?

– Może przez innych konkwistadorów, którzy sami chcieli zagarnąć złoto z Zaginionego Miasta. A może przez Kogi. Niektórzy mówili nawet, że to klątwa rzucona przez Indian. Nikt niczego nie wie na pewno – odparł Marco.

Beckowi aż zakręciło się w głowie od tej niesamowitej historii. Tymczasem na plac wjeżdżały kolejne karnawałowe platformy. Za olbrzymią kukłą Don Gonzala pojawił się hiszpański galeon pod pełnymi żaglami. Jego załogę stanowiły królowe piękności w skrzących się strojach kąpielowych, wiszące na masztach, roześmiane i machające do tłumów.

Potem przez tłum przetoczyła się potężna fala entuzjazmu. Na plac wjeżdżała największa kukła, jaką Beck kiedykolwiek widział. Gigantyczna ropucha z papier mâché pomalowana na szmaragdowo ledwo się mieściła pod ceremonialnym łukiem. Była tak ogromna, że szybko zaklinowała się pod nim na dobre.

Stojący nieopodal rzucili się, by wspólnie pchać ją i ciągnąć, ale ropucha ani drgnęła. A potem, ku uciesze gapiów, z następnej platformy zeskoczyła pośpiesznie grupa sobowtórów Elvisa Presleya i zaczęła nią skręcać w bok.

Ropuchę w końcu udało się jakoś przecisnąć na plac. Z przodu platformy sterczał jej potężny jak u zapaśnika sumo brzuch, a dwie tylne nogi wyglądały jak olbrzymie balony przyciśnięte monstrualnym cielskiem. Wyłupiaste oczy przypominały Beckowi światła ogromnej ciężarówki.

– Nie ma lekko, Kermit – zamruczał pod nosem, nie kierując tych słów do nikogo konkretnie.

– Jest jeszcze coś, co powinieneś wiedzieć – powiedziała Christina, uśmiechając się szeroko. Wskazując palcem ropuchę, którą wreszcie udało się dopchać na sam środek placu, zawiesiła głos dla większego efektu. – Ją też mamy w naszym herbie.

– Ropuchę? – zdumiał się Beck. – Za chwilę mi powiesz, że i Myszka Miki jest w to zamieszana.

– *La rana*, ropucha, to ważny element tej legendy – wyjaśniła Christina. – Indianie Kogi uważają ją za boginię płodności. Wierzą, że gdyby nie jej opieka, całe złoto z Zaginionego Miasta zostałoby skradzione. A wówczas przestałaby istnieć dżungla, wszyscy Kogi i cały świat. Dlatego kukła Gonzala i bogini ropucha uświetniają u nas karnawałową zabawę.

– Bo Zaginione Miasto jest dla nas czymś więcej niż tylko Zaginionym Miastem – dodał Marco. – To także część historii naszej rodziny. Dlatego tata tak bardzo chce je odnaleźć. A do tego właśnie potrzebuje twojego wujka. Kogoś, kto zna dobrze Indian i ich kulturę. Inaczej mógłby skończyć tak samo jak Gonzalo.

Beckowi kręciło się w głowie. Za pół godziny miał się rozpocząć pokaz sztucznych ogni i nie było już czasu na więcej pytań. Marco zaczął się już przepychać z powrotem przez tłum, by zdążyli zająć miejsca w loży honorowej po drugiej stronie placu.

– Trzymaj się mnie – zawołał przez ramię. – Chyba zdążymy akurat na sam początek.

Ściemniało się już i zapalano parafinowe pochodnie, aby się przygotować na wieczorną rozrywkę. Wrzawa robiła się coraz głośniejsza, a Beck wyczuwał w oddechach co bardziej rozbawionych widzów zapach *aguardiente*, mocnego miejscowego alkoholu. Na ścianach wokół placu drżały i tańczyły cienie.

I wtedy Beck go zobaczył. A ściśle rzecz biorąc, poczuł na sobie świdrujące spojrzenie mężczyzny. Zupełnie jakby przeszył go promień lasera. Indianin był odziany w białą wełnianą tunikę, a na głowie miał spiczastą czapkę. Na ramiona opadały mu warkoczyki gęstych, ciemnych włosów, a oczy jarzyły się tak mocno, jakby dysponowały własnym źródłem światła.

W pierwszej chwili Beck pomyślał, że to żebrak, ale z postawy i wyrazu twarzy zagadkowego mężczyzny, ani nie uśmiechniętej, ani nie skrzywionej, emanowało zbyt dużo dostojeństwa. Jego oczy miały zaś w sobie tak hipnotyzującą moc, że przez moment Beckowi wydawało się, iż nieznajomy wniknął mu do głowy i czyta w myślach. Do chłopca docierał już tylko rytmiczny dźwięk bębnów i migocące cienie na placu. Nagle, ani na moment nie spuszczając wzroku, Indianin podszedł prosto do niego i trzykrotnie wyszeptał mu do ucha:

– *Perdido no más*.

Beck osunął się nieprzytomny na ziemię.

ROZDZIAŁ TRZECI

Z balkonu hotelu Casa Blanca szef policji Pedro Ramirez lustrował spojrzeniem tłumy na placu poniżej. Za charakterystycznymi okularami przeciwsłonecznymi, tak popularnymi wśród ochroniarzy i dyktatorów na całym świecie, jego oczy bezustannie wędrowały tam i z powrotem.

Nie bez powodu podwładni nazywali go *El Reptil*, Gad. Powiadali, że jego zimnym oczom nigdy nic nie umknęło. Niektórzy nawet żartowali, że nigdy nie mruga powiekami. Ale dla szefa służb bezpieczeństwa Cartageny dzień dorocznego karnawału był taki sam jak każdy inny. To był czas pracy, nie zabawy.

Wodząc spojrzeniem profesjonalisty po dachach okolicznych domów, starannie sprawdzał pozycje swoich ludzi, a mikroodbiornik w jego uchu odzywał się co kilka sekund. Jak dotąd dzień przebiegał bez żadnych incydentów. Burmistrz wygłosił przemówienie do oficjeli, a tłum wydawał się beztrosko bawić, nawet jeśli kilka miejscowych szumowin cokolwiek przeholowało ze świętowaniem.

Ramirez ciężką pracą wyrobił sobie reputację bezwzględnego i skutecznego zwolennika żelaznej dyscypliny i nie zamierzał jej sobie zszargać. Pod jego okiem wszystko miało przebiegać ściśle według planu. A że wieści o wyprawie do Zaginionego Miasta rozchodziły się w tłumie lotem błyskawicy, nie mógł sobie pozwolić na żadne ryzyko.

Dotąd każdy kolejny punkt programu był realizowany jak w zegarku. Burmistrz Rafael zgodnie z prośbą mówił krótko. Na wypadek, gdyby się rozgadał, jeden z ludzi Ramireza czekał w pogotowiu tuż obok inżyniera dźwięku, by na umówiony sygnał wyłączyć mikrofon. Oficjele bez zbędnego zamieszania przeszli z sali balowej na podwyższenie przed budynkiem. Nikt nie miał wątpliwości, czyją zasługą jest sprawna organizacja imprezy. I człowiekiem tym nie był burmistrz Rafael.

Ale na razie kończyła się łatwiejsza organizacyjnie część karnawałowej zabawy. Teraz, gdy zmierzchało, a tłum się ożywił, utrzymanie porządku stawało się trudniejsze. A tego roku, jak nigdy wcześniej, Ramirez miał powody do niepokoju.

Już chciał zejść z balkonu, by dołączyć do oficjeli w loży poniżej, gdy zauważył jakieś poruszenie w tłumie. Ku swej irytacji nie był w stanie dostrzec, co się dzieje, bo widok zasłaniało mu potężne cielsko ropuchy. Jej wyłupiaste oczy i uśmiechnięty pysk zdawały się spoglądać na niego drwiąco.

Ramirez zaklął i sięgnął po krótkofalówkę.

– *Qué pasa?* – warknął.

W uchu gwałtownie mu zaszumiało. Słuchał uważnie. Widział, jak dwaj z jego ludzi przyglądają się uważnie tłumowi przez potężne lornetki z dachu kościoła po przeciwnej stronie. W cieniu dzwonnicy snajper z szybkostrzelnym karabinem wyposażonym w celownik teleskopowy zajął pozycję do strzału.

Ramirez uśmiechnął się. Jego ludzie byli dobrze wyszkoleni. Ale to przecież nic nowego. Nie zmarnował pięciu lat na stanowisku dowódcy Państwowego Ośrodka Szkolenia Policji w Bogocie. Swoich podkomendnych nie tylko osobiście wybrał, ale i wyszkolił.

Pośpiesznie składane meldunki w uchu ucichły i Ramirez odprężył się. Kiedy Beck stracił przytomność, w gęstym tłumie wywołało to pewne zamieszanie i poruszenie, ale wszystko się równie szybko uspokoiło. Snajper znów wycofał się w cień dzwonnicy.

* * *

Tymczasem w loży honorowej burmistrz Rafael i jego goście, nieświadomi jakichkolwiek problemów, szykowali się na kulminacyjny moment karnawałowych uroczystości.

– U was, zdaje się, puszczacie sztuczne ognie na pamiątkę señora Fawkesa, profesorze Granger? – burmistrz zwrócił się do swego wybitnego gościa. – Ale tylko wtedy, prawda? W Kolumbii robimy to znacznie częściej. A karnawałowy pokaz w Cartagenie jest największy. *El óptimo!* Najlepszy. Za chwilę pan zobaczy.

Burmistrz wstał, wywołując tym jeszcze większy entuzjazm tłumu, któremu skłonił się wytwornie, po czym ruszył w kierunku mikrofonów z przodu podwyższenia. Wuj Al z uprzejmym uśmiechem słuchał przemówienia, które brzmiało bardzo podobnie do tego wygłoszonego dopiero co w sali balowej hotelu Casa Blanca. Ale tym razem nie padły słowa na temat Zaginionego Miasta. Ku wyraźnemu zadowoleniu burmistrza słuchacze znów wybuchali śmiechem we właściwych momentach.

Kiedy Don Rafael obrócił się, by ceremonialnie przedstawić tegorocznego honorowego gościa, profesor Granger wyłowił słowa *pirata inglés*. Zaskoczony uniósł swój słomkowy kapelusz i nerwowo pomachał nim do tłumu, niepewny tego, co dokładnie powiedział burmistrz.

Ale zaraz wszystko się wyjaśniło. W 1586 roku Cartagenę oblegał sir Francis Drake, sławny pogromca hiszpańskiej Wielkiej Armady. Miasto musiało mu wówczas zapłacić potężny okup i po dziś dzień wszystkich Anglików nazywano tu piratami. Ale sądząc po reakcji tłumu, nikt do tego nie podchodził zbyt serio. Alan Granger odetchnął z ulgą.

Gdy przemówienie burmistrza dobiegło końca, na nocnym niebie zaczął się olśniewający pokaz. Wybuchały gwiazdy i strzelały ogłuszające race. Fontanny ognia we wszystkich kolorach tęczy opadały powoli nad głowami widzów, którzy krzyczeli z zachwytu.

* * *

W niemiłosiernej ciżbie pośrodku placu Beck powoli odzyskiwał świadomość po spotkaniu z Indianinem. Drżał cały, a jakiś głos, dziwnie znajomy, krzyczał mu prosto do ucha:

– Beck! Beck! Co się stało? Nic ci nie jest?

Głos falował i odbijał się echem, jakby dochodził z drugiego końca długiej rury.

Beck usiłował sobie przypomnieć, gdzie się znajduje. Dookoła słychać było donośne wybuchy i zdawało mu się, że to w jego czaszce jakiś szalony malarz rzuca puszkami farby. W nagłym przebłysku pamięć wróciła. Cartagena. Bliźnięta. Karnawał. Indianin o lśniących oczach.

Beck powoli usiadł i rozejrzał się wokół siebie. Krew odpłynęła mu z rumianych zazwyczaj policzków, a jego rozczochrana brązowa czupryna była w jeszcze większym nieładzie niż zwykle.

– Beck! Beck! Nic ci nie jest? Co się stało? Wyglądasz, jakbyś zobaczył ducha. – To był głos Christiny, a Marco pomagał mu wstać.

– Co się stało z Indianinem? – wymamrotał Beck. – Miał takie dziwne oczy. Musieliście go widzieć.

Opisał im nieznajomego, którego dostrzegł w tłumie. Miał go cały czas przed oczami: biała tunika i te gęste, ciemne brwi nad jarzącymi się oczami. Christina słuchała uważnie, ale z lekkim niedowierzaniem, gdy Beck opisywał dziwnego mężczyznę.

– To brzmi jak opis Indianina Kogi. Pamiętasz. Z tego plemienia, które żyje w lasach Sierra Nevada, tam gdzie Don Gonzalo znalazł Zaginione Miasto.

– Tak – zgodził się Marco. – Ale tu nie ma żadnych Kogi. Ich szamani, których nazywają *Mama*, zabraniają im się tu pojawiać. Coś ci się przyśniło. Masz bujną wyobraźnię, przyjacielu.

– Ale ja go naprawdę widziałem. Coś do mnie mówił... Pamiętam: *Perdido no más*. Powiedział to trzykrotnie. To motto Gonzala, prawda?

Odpowiedź Marca zagłuszył gwałtowny huk, bo nad głowami właśnie wybuchała nowa seria sztucznych ogni. Zaczęła się Wielka Parada, uroczysty przejazd platform przed lożą honorową, wieńczący karnawał. Dostrzegli burmistrza, który niezmordowanie klaskał i pozdrawiał uczestników korowodu.

– To wielka chwila dla taty – zawołała Christina.

Do podwyższenia zbliżała się chybotliwie kukła Don Gonzala w towarzystwie strzegących jej konkwistadorów. Kołysząc się z boku na bok, pomachała widzom. Kiedy znalazła się na wysokości loży, burmistrz wstał i dał znak profesorowi Grangerowi, by razem z nim wszedł na ruchomą platformę. Dwie królowe piękności, zauważone już wcześniej przez Becka, powitały obu mężczyzn całusami w policzki i zawiesiły im na szyjach girlandy z kwiatów.

– Szybko! – krzyknął Marco. – Niedaleko stąd jest Łuk Gonzala, pod którym parada wyjeżdża z placu. Jeśli się pośpieszymy, zobaczymy platformy z bliska.

Wciąż chwiejąc się nieco na nogach, Beck podążył za bliźniętami, które przepychały się zawzięcie przez tłum do miejsca, gdzie ludzie Ramireza za pomocą sznurów odgrodzili z obu stron trasę przejazdu pod łukiem.

– Dziwne – powiedziała Christina Beckowi do ucha. – Nigdy wcześniej nie blokowano nikomu dostępu do platform. Ramirezowi zupełnie już odbiło na punkcie władzy. Nie pozwala się nawet ludziom zabawić. – Beck patrzył na nią tępym wzrokiem. – Mówię o tym kolesiu w mundurze, który rozmawiał z tatą w sali balowej. To szef policji w Cartagenie. Lubi sobie wyobrażać, że to on tu rządzi.

Stojąc za policyjnym kordonem, Beck widział, jak konie ciągnące platformę z Gonzalem parskają nerwowo i biją kopytami o ziemię. Kiedy placem wstrząsał huk i donośny syk odpalanych fajerwerków, rozglądały się spłoszone dookoła. Dwaj konkwistadorzy, trzymający zwierzęta za uzdy, rozmawiali przez mikronadajniki i skinieniem głowy najwyraźniej potwierdzali coś policji.

Kiedy platforma z Gonzalem przejechała, rozległ się dźwięk podobny do odgłosu metalowej puszki podskakującej na bruku. Zaraz potem dał się słyszeć stłumiony wybuch i tłum ogarnęły chmury gęstego dymu. Policja natychmiast wszystkich otoczyła i zaczęła spychać na środek placu.

– Marco! Christina! Na ziemię! Padnij! – krzyknął Beck, szarpiąc ich, by się położyli. – Coś tu nie gra. To nie jest dym ze sztucznych ogni.

Nagle wszędzie zaroiło się od ludzi Ramireza i w tłumie pojawiły się pierwsze oznaki paniki. Od budynków odbiła się echem seria głośnych wybuchów i Beck zobaczył, jak zza balustrad na dachach wysuwają się lufy karabinów. W górze usłyszał głuche „łup, łup, łup" wirnika nadlatującego helikoptera.

– *Tonto!* – wybełkotał zdezorientowany Marco. – Ten idiota Ramirez tylko pogarsza sytuację. Przecież helikopter wdmuchuje dym prosto na ludzi.

– Za mną! – zawołał Beck, gdy przepychali się przez tłum w stronę łuku, gdzie chmura zielonego dymu wydawała się najbardziej rozrzedzona. W końcu, znów skuleni przy ziemi, mogli odetchnąć świeżym powietrzem.

– Patrzcie! Tam! – krzyknął Marco. – Chyba próbują ewakuować tatę i profesora Grangera. Przyjechał samochód i...

Jego głos zamarł, gdy rozległ się jednoznaczny brzęk drugiego metalowego pojemnika toczącego się po bruku, a zaraz potem głośne „puf" i syczenie. Wszystko spowiła jeszcze gęstsza chmura dymu.

Ale Beck zobaczył już dość. Na moment przed wybuchem drugiego pojemnika zauważył coś, co sprawiło, że zamarło mu serce. Platforma z kukłą Don Gonzala stanęła tuż za łukiem. Drogę zagradzała jej czarna limuzyna z przyciemnionymi szybami, a konkwistadorzy krzyczeli coś i nerwowo wymachiwali rękami.

Zamiast szpad trzymali w nich teraz pistolety, którymi poganiali burmistrza i profesora Grangera. Drzwi limuzyny otwarły się i obu mężczyzn wepchnięto do środka.

Kiedy tłum spowiła nowa chmura dymu, zamilkły dźwięki salsy płynącej dotąd przez megafony i Marco rozpoznał głos szefa policji apelującego o zachowanie spokoju. Potem zza łuku dobiegł przeraźliwy pisk opon. Zdezorientowany tłum zaczął się rozchodzić.

Mózg Becka pracował na maksymalnych obrotach. Teraz górę wziął instynkt. Jeśli będą się trzymać blisko ziemi, mogą oddychać bez przeszkód, aż spanikowani ludzie rozproszą się. Gestem nakazał bliżniętom nie wstawać, potem zasłonił sobie usta i spojrzał w stronę łuku. Oczy piekły go niemiłosiernie, a w uszach dzwoniły mu krzyki tłumu.

Zdawało się, że minęła wieczność, zanim dym zaczął się rozwiewać. Troje nastolatków patrzyło z przerażeniem na platformę po drugiej stronie łuku. Czarna limuzyna zniknęła. Na bruku leżała kukła Don Gonzala, której ręce machały niezmordowanie, a twarz uśmiechała się przyjaźnie do nieba. Obok ziemię zaścielały płatki kwiatów z porzuconych przez kogoś dwóch bukietów. Kawałek dalej pod dziwacznym kątem utkwił w rynsztoku słomkowy kapelusz.

Burmistrz i profesor Granger zniknęli.

ROZDZIAŁ CZWARTY

W nocy Becka dręczyły koszmary. Znów był na placu. Indianin o lśniących oczach wskazywał palcem na niebo, gdzie w chmurach zdawała się unosić dżungla Sierra Nevada. Ale gdy tylko Beck usiłował się poruszyć, spadała nań olbrzymia fala, która zalewała plac.

Potem tłum zamienił się w wielką ławicę ryb śmigających tam i z powrotem. Pędziły za nimi karnawałowe kukły, przeobrażając się w rekiny z obnażonymi zębiskami i bezlitosnymi oczami. Odłączył się od nich Don Gonzalo, który w złowieszczym uśmiechu wykrzywiał twarz i błyskał ostrymi zębami. Teraz już nie polował na ryby, ale na Becka.

Chłopcu brakowało powietrza w płucach; desperacko usiłował płynąć w stronę nieba. Gdzieś w górze słyszał bijący powyżej fal, kościelny dzwon. Nad wodą widział wyraźnie wieżę lśniącą w promieniach słońca. Gdyby tylko zdołał umknąć tym straszliwym szczękom. Gdyby tylko zdążył dopłynąć do powierzchni, zanim się wbiją w jego nogi. Gdyby tylko...

Beck usiadł gwałtownie na łóżku. Całkowicie już rozbudzony próbował sobie przypomnieć, gdzie jest. Dzwonienie ustało, a gdzieś niżej usłyszał czyjś głos.

– *Pronto?*

To był Marco, rozmawiał przez telefon w holu na dole. Nagle powróciły dramatyczne wydarzenia wczorajszego wieczoru. Poczuł bolesny skurcz w brzuchu i znów zobaczył eksplodujące pojemniki, kłęby dymu i chaos na placu. A potem po raz kolejny dotarła do niego przerażająca prawda. Wuj Al i burmistrz Rafael zostali porwani. Beck słyszał, że Kolumbia ma złą sławę „światowej stolicy porywaczy", i serce mu zamarło. W zamian za uwolnienie obu porwanych niemal na pewno zażądają ogromnego okupu.

Poprzedniej nocy, w blasku migających niebieskich świateł, przy dźwięku piszczących opon i wyjących klaksonów, ludzie Ramireza wywieźli troje zszokowanych nastolatków z placu do nadmorskiej hacjendy burmistrza, kilka kilometrów za miastem, gdzie nic im już nie groziło. Beck odetchnął na widok trzymetrowej wysokości ogrodzenia z drutu kolczastego wokół całej posiadłości.

Doña Maria de Castillo, mama bliźniąt, a zarazem dyrektor międzynarodowej organizacji humanitarnej, przebywała na misji gdzieś daleko w Afryce. Skontaktowanie się z panią burmistrzową było bardzo trudne i nikt nie wiedział, kiedy wróci. Na razie całą trójką zajęła się señora Cordova, gospodyni, która zaraz przygotowała im kolację i pocieszała każdego, kto tylko chciał słuchać, że wszystko będzie dobrze.

Szef policji Ramirez nadskakiwał im w okropnym stylu. Nerwowo pocierał palcem swą bliznę na zapadniętym policzku, a cienkie wargi zastygły mu w krzywym uśmieszku. Bliźnięta słuchały go w ponurym milczeniu. Zapewnienia, że policja robi, co tylko w jej mocy, by dopaść porywaczy, najwyraźniej nie robiły na nich wrażenia.

– Jeśli są tacy dobrzy, to jak w ogóle mogli dopuścić do tego porwania? – mruknął Marco, gdy przygnębieni zawlekli się do łóżek.

Teraz, w zimnym świetle poranka, Beck wstrzymał oddech i słuchał w napięciu. Marco najwyraźniej rozmawiał z Ramirezem, który przekazywał mu najświeższe informacje. Z tonu głosu chłopca Beck odgadł, że nie były pomyślne.

Ubrawszy się w pośpiechu, przebiegł przez balkon, po drodze zerkając do pokoju Christiny. Panował w nim idealny porządek.

Na poczesnym miejscu na ścianie nad łóżkiem wisiała oprawiona fotografia Shakiry. Beck zauważył, że piosenkarka złożyła na niej autograf, i ciekaw był, ile jeszcze gwiazd muzyki bliźnięta poznały osobiście.

Zupełnie inaczej wyglądał pokój Marca – jakby zeszłej nocy szalał tam huragan, który rozrzucił ubrania po całej podłodze. Do ściany przyklejony był krzywo plakat kolumbijskiej drużyny piłkarskiej, również z autografami. Jeden róg odkleił się i podwinął nienaturalnie.

W holu na dole, u stóp efektownych drewnianych schodów, które zaskrzypiały pod stopami Becka, rozmawiali Marco i Christina.

– Ramirez twierdzi, że nic nie może zrobić, dopóki ten gang nie skontaktuje się i nie przedstawi swych żądań – mówił Marco. – Postawił przed domem policjantów, na wypadek gdyby próbowano porwać i nas. Nie wolno nam pod żadnym pozorem stąd wychodzić. Gad mówi, że to dla naszego bezpieczeństwa.

– Chodzi mu tylko o to, żebyśmy nie wtykali nosa w nie swoje sprawy – odparła Christina, pogardliwym gestem odgarniając włosy.

Beck analizował sytuację.

– Nie możemy tu po prostu siedzieć na tyłkach i nic nie robić – stwierdził po chwili. – Może ci gangsterzy wcale nie chcą pieniędzy. Chodzi raczej o coś, co ma związek z wyprawą do Zaginionego Miasta. Inaczej przecież nie porwaliby burmistrza i wujka Ala tuż po oświadczeniu w tej sprawie.

– Ramirez radził mojemu tacie, żeby o tym nie wspominał – przyznał Marco. – Twierdził, że to zbyt ryzykowne.

– Ale gang najwyraźniej dowiedział się o tym już wcześniej – zauważyła Christina. – Wiadomość musiała jakoś wyciec. Pewnie Ramirez się wygadał przed swoimi ludźmi. W Kolumbii ściany mają uszy.

– Przecież nawet wasz tata nie wie, gdzie dokładnie znajduje się to miasto – odparł Beck. – Inaczej nie nazywałby go „zaginionym".

– No tak, ale może porywacze sądzą, że wie? I że dzięki niemu i profesorowi Grangerowi uda im się tam dotrzeć – zasugerował Marco.

– I ukraść złoto, zanim się tam zjawią archeolodzy – dodała Christina. Po tych słowach w pokoju zapadła cisza.

– Myślicie, że wasz tata może wiedzieć więcej, niż ujawnił? – zapytał w końcu Beck.

– Podsłuchałem kiedyś, jak mówił mamie, że jego zdaniem Gonzalo przed śmiercią sporządził mapę, ale nikt z rodziny jej nigdy nie widział.

Marco urwał i spojrzał na siostrę, jakby szukając jej poparcia. Christina lekko skinęła głową.

– Chodź z nami – powiedział cicho. – Powinieneś coś zobaczyć.

Bliźnięta poprowadziły go przez wyłożony dębową boazerią korytarz pod lśniące drzwi z mosiężną tabliczką. Fantazyjnym pismem wyryto na niej jedno słowo: *Jefe*.

– Cześć, szefie – Christina mrugnęła do Becka.

Marco wszedł do gabinetu ojca i po chwili wyłonił się z powrotem, trzymając w dłoni ciężki, staroświecki klucz. Beck pomyślał, że podobnych używano kiedyś do zamykania więziennych cel w londyńskiej twierdzy Tower. Do zardzewiałego kółka przyczepiony był jeszcze jeden klucz, wyglądający jak miniatura pierwszego.

Marco poprowadził ich dalej. Hacjendę zbudowano w dawnym hiszpańskim stylu wokół kamiennego dziedzińca. W jego centrum znajdowała się kunsztownie rzeźbiona fontanna w kształcie delfina, a po przeciwległej stronie wiekowe, drewniane drzwi, które sprawiały wrażenie, jakby od lat ich nikt nie otwierał.

– Tata zawsze je trzyma zamknięte na klucz i nikomu tam nie wolno wchodzić – wyjaśnił Marco. – Najstarszą część hacjendy zbudował sam Gonzalo, wykorzystując do tego belki z galeonu, którym tu przypłynął z Hiszpanii. To jak wycieczka w przeszłość.

Marco powoli wsunął do zamka większy z dwóch kluczy i przekręcił go z trudem. Rozległ się nieprzyjemny zgrzyt, jakby zardzewiałego łańcucha rowerowego. Marco pchnął drzwi, a te zaskrzypiały na starych zawiasach. W promieniach porannego słońca, które wpadły do wnętrza, zamigotała chmura kurzu. W pokoju znajdował się długi, drewniany stół otoczony krzesłami o wysokich, rzeźbionych oparciach. Pośrodku blatu stało w rzędzie pięć mosiężnych świeczników zabrudzonych strużkami zastygłego wosku.

Z belek stropowych zwisały przedmioty codziennego użytku ze starego hiszpańskiego okrętu wojennego. Obok muszkietu z niemal kompletnie przerdzewiałą lufą był tam zakrzywiony rapier w pochwie z frędzlami zżartymi przez mole. Na dębowej boazerii w głębi wisiało koło sterowe.

– Stół pochodzi z kajuty nawigatora na okręcie flagowym Gonzala – poinformował Marco. – Bardzo możliwe, że siadywał przy nim, na którymś z tych krzeseł, sam Kolumb. Z Gonzalem wiąże się wiele legend. Kiedy byliśmy mali, baliśmy się tu wchodzić. Moja rodzina zawsze wierzyła, że w noc swej śmierci Gonzalo siedział na krześle u szczytu stołu.

Zawiesił głos na moment.

– Powiada się także, że każdy, kto tam usiądzie, znajdzie Zaginione Miasto... – Marco nagle urwał.

– Albo zginie, szukając go – dopowiedziała Christina, która bezszelestnie stanęła za Beckiem. Ten aż podskoczył na dźwięk jej głosu. – Tata nikomu tu nie pozwala wchodzić, z wyjątkiem szczególnych okazji.

I, o ile nam wiadomo, nigdy nie usiadł na tym krześle.

– Chyba że to zrobił kilka dni temu – na twarzy Marca malował się teraz wyraźny niepokój. – Dokładnie w przeddzień waszego przyjazdu. Tata przez cały dzień chodził i mruczał pod nosem rodowe motto. Zapytałem go o to i powiedział mi, że był w pokoju Gonzala i że w tych słowach musi się kryć jakaś zagadka albo wskazówka. Ale nie chciał mi powiedzieć nic więcej.

– Myślicie, że w tym pokoju może być ukryta mapa pokazująca drogę do Zaginionego Miasta? – spytał Beck.

– To niemożliwe – odparł Marco. – Wiele razy przeszukano tu każdy kąt, nawet pod deskami w podłodze i za boazerią. Tacie bardzo na tym zależało, ale niczego nie znalazł.

Beck postanowił podejść do krzesła Gonzala. Serce biło mu teraz szybko. Jako dziecko słyszał po wielokroć, że nie należy wierzyć w żadne duchy, przesądy czy opowieści o złych ludach.

– Brednie – powiedział mu kiedyś wuj Al. – To wszystko stek bzdur.

I Beck skłonny był się z nim zgodzić. Gdy podrósł, określał to nawet dużo dosadniejszym słowem. Pierwszej nocy w sypialni szkolnego internatu od razu się zorientował, że to któryś ze starszych chłopców stuka w ścianę, by przestraszyć najmłodszych uczniów.

Pewnego wieczoru, gdy zgasły światła, napytał sobie biedy, próbując samemu się zabawić kosztem starszych kolegów. Owinięty w prześcieradło wyskoczył na jednego z nich, wyjąc upiornie. Pech chciał, że trafił na woźnego Bentleya, Złamaną Szczękę, jak go nazywano, który nie wykazał się poczuciem humoru, przez co dwie następne soboty Beck spędził w kozie.

Ale teraz szedł śmiało przez pokój, a pod stopami skrzypiały mu złowieszczo wiekowe deski. Oczami bezustannie omiatał całe wnętrze. Jako kilkuletni chłopak spędził sporo czasu wśród Masajów w Kenii i nauczył się, jak należy się czujnie rozglądać, by nie zginąć. Kierował nim teraz wyłącznie instynkt. Na kominku dostrzegł garść starych monet i postrzępione resztki starej bandery.

W końcu stanął za krzesłem Gonzala i położył dłonie na wysokim oparciu. Potem, bez żadnego ostrzeżenia, wysunął krzesło spod stołu i usiadł. Zaskoczona Christina krzyknęła, a on poczuł, jakby przez ciało przeszedł go prąd.

I w tym momencie zobaczył to. Powyżej kominka, dokładnie naprzeciwko krzesła, na którym siedział, wisiał olejny portret Don Gonzala. Beck umiał już teraz rozpoznać te rysy; nie sposób było pomylić z kimkolwiek innym tej koziej bródki i pociągłej twarzy z charakterystycznym orlim nosem.

Ale nie to zwróciło jego uwagę. Sokolim wzrokiem Beck zarejestrował obecność obrazu, gdy tylko wszedł do pokoju. To wycelowany palec Don Gonzala i kierunek, w którym zwrócone były jego oczy, sprawiły, że serce chłopca zabiło jeszcze szybciej. Ze swego miejsca na krześle – i tylko dokładnie siedząc na tym miejscu – widział wyraźnie, że zarówno palec, jak i oczy konkwistadora wskazują prosto na słowa umieszczone pod rodowym herbem na bogato złoconej ramie.

– *Perdido no más* – wyszeptał Beck jak w transie. – Tak jest. To wskazówka. Wasz tata tyle czasu na nią patrzył i nigdy się nie zorientował.

Zdumione bliźnięta podążyły wzrokiem za jego spojrzeniem i patrzyły na portret Gonzala, nie bardzo wiedząc, o co właściwie chodzi.

– Zobaczcie, co dokładnie wskazuje. – Beck narysował w powietrzu prostą linię od palca Gonzala w górę, aż do ramy obrazu. – Patrzy na rodowe motto. Ale palcem wskazuje w nim literę „O"...

W jednej chwili Marco obiegł stół dookoła i zdjął zakurzony stary portret ze ściany. Położyli go na blacie i gapili się na rzeźbiony w drewnie herb z *la raną*, ropuchą, i widniejące pod nią słowa.

– ... która wygląda inaczej niż pozostałe litery – wyszeptała Christina, kończąc zdanie za Becka. – Jakby przykryta jakąś klapką.

– Bo w rzeczywistości to jest dziurka od klucza – powiedział Beck, wciskając paznokieć pod rzeźbiony okrąg „O". Wnętrze litery odskoczyło z cichym trzaskiem i zobaczyli coś, co bez wątpienia było dziurką od klucza.

– Ten drugi klucz. Musi otwierać ten zamek – zamruczał Marco. – Beck, jesteś genialny. Nikt z nas tego nie zauważył. Nie mieliśmy pojęcia, do czego jest ten klucz, a odpowiedź cały czas znajdowała się przed naszymi oczami. Tak bardzo baliśmy się klątwy, że nigdy się nie odważyliśmy usiąść na krześle Gonzala. A on nam próbował to powiedzieć.

Trzęsącymi się dłońmi Marco złapał klucz, wsunął go do zamka i przekręcił. Jak za dotknięciem czarodziejskiej różdżki otwarł się brzuch ropuchy w rzeźbionym herbie. Zdumiony Beck zamrugał. Przed nimi leżał złoty amulet. Przedstawiał ropuchę, taką samą jak w rodowym herbie. Miała pękaty brzuch i szeroko rozwarty pysk, a jej oczy błyszczały zielonkawo w półmroku.

Christina podniosła amulet za złoty łańcuszek i pomachała nim.

– *La rana* – wyszeptał Marco, wciąż nie wierząc w to, co widzi. – Legenda, o której słyszeliśmy w dzieciństwie. Kiedy zostanie odnalezione Zaginione Miasto, pojawi się ropucha.

Ale teraz uwaga Becka skupiona była na złożonym kawałku pergaminu, który wciąż tkwił w niewielkim zagłębieniu na dnie schowka. Bez trudu można było odczytać wykaligrafowane staranną kursywą słowa *Mapa Ciudad de Los Koguis*.

– Mapa miasta Indian Kogi – powiedział, a głos drżał mu z podniecenia. – Tego szukał wasz tata. Ale najwyraźniej postanowił dotrzeć do Zaginionego Miasta bez mapy...

– ... a porywacze pewnie uznali, że ją znalazł – wpadł mu w słowo Marco. – I teraz chcą odnaleźć Zaginione Miasto, by je obrabować.

– Wreszcie to wszystko nabiera sensu – wyszeptała zamyślona Christina, kołysząc złotą ropuchą na łańcuszku i wodząc za nią oczami. – *Perdido no más.*

– *Perdido no más* – powtórzył Beck. – Zaginione Miasto już nie jest zaginione.

ROZDZIAŁ PIĄTY

Beck i bliźnięta, pochyleni nad stołem Gonzala, przyglądali się z przejęciem wiekowemu kawałkowi pergaminu. Na pierwszy rzut oka w ogóle nie wyglądał na mapę. Cała strona była upstrzona liniami, krzyżykami, kółkami i liczbami, jak gdyby autor próbował rozwiązać jakieś skomplikowane równania, a nie zaznaczyć położenie Zaginionego Miasta.

W prawym dolnym rogu znajdowało się kółko z krzyżykiem.

– Róża kompasowa – powiedział Beck, wskazując je palcem. – Przynajmniej można ustalić kierunki świata. Te stare mapy były bardzo niedokładne. Konkwistadorzy nie mieli porządnych instrumentów nawigacyjnych do określania swojej pozycji.

Beck przypomniał sobie, jak Tao z południowego Pacyfiku uczyli go odnajdywania drogi za pomocą gwiazd.

– Część tych liczb to muszą być odległości w milach morskich, a cała mapa jest chyba podzielona na kilka części. To wygląda na wybrzeże, mniej więcej w tym miejscu, gdzie się teraz znajdujemy. Patrzcie tutaj! – wskazał słowo *Cart* wypisane obok schematycznego rysunku zamku. – To na pewno Cartagena. A to – dotknął maleńkiego symbolu hiszpańskiego galeonu kawałek dalej nad morzem – musi być miejsce, w którym wylądowali, gdy po raz pierwszy dotarli do miasta.

Podpis widniejący na dole mapy skojarzył się Beckowi z dokumentem podpisanym przez królową Elżbietę I, który widział kiedyś w podręczniku do historii. Nad fantazyjnymi zawijasami widniały słowa *Gonzalo de Castillo*, a pod nimi, mniejszymi literami, *Año de Nuestro Señor* i rzymskie cyfry MDXXII.

– Tysiąc pięćset... dwadzieścia dwa – odczytała Christina. – Wiedziałam, że te nudne lekcje łaciny kiedyś mi się przydadzą. To rok, w którym zmarł Gonzalo. Musiał ukryć tę mapę na krótko przed śmiercią.

– Może nie zmarł, tylko został zamordowany, jak głosi legenda – zamruczał ponurym głosem Marco.

Jego słowa przerwał dźwięk dzwonka na dziedzińcu. Wszyscy troje podskoczyli z wyrazem winy na twarzy, jakby ich złapano na gorącym uczynku.

– Szybko! – zawołał Marco. – Ktoś chce wejść do hacjendy. Nikt nie może zobaczyć mapy ani amuletu.

Beck pośpiesznie złożył pergamin i wsunął go do tylnej kieszeni spodni, a amulet w kształcie ropuchy zawiesił sobie na szyi i schował pod koszulą, podczas gdy Marco i Christina z powrotem zawiesili portret Gonzala na ścianie.

Marco poprowadził ich przez dziedziniec i korytarz do głównego wejścia do domu. Przez witraż we frontowych drzwiach zobaczyli migające niebieskie światła policyjnych radiowozów i znajomy kształt czapki z daszkiem oficera kolumbijskiej policji. Señora Cordova już go wpuszczała do środka.

Ramirez nie był w nastroju do uprzejmości i minąwszy Marco, wszedł szybkim krokiem do holu. Od ścian odbijał się głośny stukot jego skórzanych butów o kamienną posadzkę. Powitało go skrzeczenie i odgłos trzepoczących skrzydeł. Beck spojrzał na balkon, na którego balustradzie skakała z nogi na nogę udomowiona papuga, przyglądając się z niepokojem niespodziewanemu intruzowi.

Ramirez spojrzał na ptaka z wyrazem źle maskowanej niechęci na twarzy. Señora Ramirez doskonale gotowała i z pewnością wiedziałaby, jak z niesfornej papugi przyrządzić smakowitą pieczeń.

Odwrócił się na pięcie do trojga nastolatków.

– *Buenos días, amigos* – mruknął i wyrzucił z siebie cały potok szybkich zdań po hiszpańsku. Zniknęła maska służalczej troski, z jaką poprzedniego wieczoru odwoził ich do hacjendy. Dziś zastąpiło ją zniecierpliwienie graniczące z nieuprzejmością.

Przez twarze bliźniąt przemknął cień niedowierzania i gniewu. Beck wyłowił z przemowy policjanta tylko jedno słowo. Ale to wystarczyło, by poczuł, jak zamiera mu serce. Przerażone spojrzenie Marca i Christiny potwierdziło jego najgorsze obawy. Señora Cordova nie mogła złapać tchu.

Na chwilę zapadła cisza. Ramirez czekał, aż w pełni dotrą do nich jego słowa. Potem mówił dalej, krótkimi szczeknięciami, jak gdyby wydawał rozkazy. Marco kiwnął głową z ponurą miną i rzucił krótkie spojrzenie na siostrę, która wciąż wpatrywała się w policjanta z niedowierzaniem.

A potem, równie szybko jak wpadł, Ramirez opuścił dom. Służący zasalutował mu i otwarł drzwi radiowozu z godłem szefa cartageńskiej policji. Ramirez rozsiadł się w wygodnym, skórzanym fotelu i warknął na kierowcę, by ruszał. Beck zobaczył, jak w oddali otwiera się automatycznie brama, a dwaj uzbrojeni strażnicy wyprężają się na baczność i salutują odjeżdżającemu.

W uszach wciąż dźwięczało Beckowi to jedno słowo.

– *Narcotráficantes* – powtórzył Marco, jakby czytając mu w myślach. – Handlarze narkotyków.

– Ramirez uważa, że tatę i profesora Grangera porwał któryś z karteli narkotykowych – wyjaśniła wstrząśnięta Christina.

Wydała z siebie długi jęk i oparła głowę na dłoniach.

– Tak się o nich martwię.

Marco pokręcił głową i zrobił głęboki wdech.

– Ramirez mówi, żebyśmy absolutnie, pod żadnym pozorem nie opuszczali hacjendy. To dla naszego bezpieczeństwa. Wszystkie telefony zostały przekierowane do komendy głównej policji. Przed bramą stoi wartownik. Krótko mówiąc, my też zostaliśmy uwięzieni.

Ponurą ciszę przerywało tylko upiorne krakanie ptaków na palmach za oknem. Wydawało się, że minęła wieczność, zanim Beck się odezwał.

– Musimy coś zrobić. Nie możemy tak tu siedzieć na tyłkach i czekać, co się stanie z wujkiem Alem i burmistrzem Rafaelem. A jeśli Ramirez się myli i tych porywaczy jednak bardziej interesuje złoto z Zaginionego Miasta? Może powinniśmy oddać Ramirezowi mapę? Wtedy policja dotrze tam pierwsza i urządzi zasadzkę na gangsterów.

– To zbyt ryzykowne – zaoponowała Christina. – A zresztą tata nie znosi Ramireza. Mówi, że to bałwan, który przy byle okazji sięga po broń. Nikt mu nie ufa. Pewnie by wszystkich zastrzelił, a nie uratował.

– Ale skoro mamy mapę, musimy przynajmniej spróbować – nalegał Beck. – Jesteśmy to winni wujkowi Alowi i waszemu tacie. Jeśli nie możemy ufać policji, musimy sami odnaleźć Zaginione Miasto. Chyba da się stąd jakoś uciec?

– Posiadłość otacza ogrodzenie z drutu kolczastego, wchodzące w morze – odparła Christina. – Ale zawsze można spróbować polecieć. Macie lepszy pomysł?

Miała zaczerwienione oczy i zbierało jej się na płacz. Marco wyciągnął rękę i próbował ją pocieszyć, ale siostra odtrąciła ją poirytowana. Beck był zbyt pochłonięty myślami, by to zauważyć.

– Mówię wam, że można się stąd wydostać tak, żeby Ramirez nie zauważył. To palant, Christina. Wiesz to lepiej niż ktokolwiek inny. – Zamilkł na moment. – Chodźcie ze mną – zaproponował w końcu. – Mam pomysł...

Beck poprowadził ich do reprezentacyjnej jadalni z przodu domu. Poranne słońce przebijało przez szklane drzwi wychodzące na taras, z którego wiodły schody na starannie przystrzyżony trawnik. Beck podszedł do przeszklonej gablotki.

– To była jedna z pierwszych rzeczy, jakie zauważyłem po przyjeździe tutaj – powiedział. – Nie mogłem od niej oderwać oczu. Niewiele widziałem w życiu równie pięknych przedmiotów. Podsunął mi pewien pomysł.

– To arcydzieło sztuki złotniczej – oświadczyła Christina, unosząc wieko gablotki.

Wewnątrz, na granatowym aksamicie, leżało filigranowe cacko ze złota.

– Tata nie pozwala nam jej dotykać, bo jest bardzo cenna.

Był to maleńki model tratwy. Na kwadratowej platformie z belek powiązanych linami stały maleńkie ludziki. Jeden z nich trzymał rumpel, inny zaś wymachiwał włócznią i rozglądał się czujnie po morzu błękitnego aksamitu. Z masztu zwisał prostokątny żagiel uwiązany złotymi łańcuszkami.

– Wygląda jak pajęczyna utkana ze złotych nitek – powiedziała Christina. – Należała do Gonzala. Przypuszczalnie zrobili ją Indianie z Zaginionego Miasta. Kogi, o których ci opowiadaliśmy i którzy nadal żyją w dżungli. Pamiętasz? – zrobiła pauzę. – Jak ten Indianin, którego niby widziałeś wczoraj wieczorem na placu.

Przez twarz Becka przeleciał cień, gdy powróciło tamto wspomnienie. Oczy mężczyzny nadal płonęły w jego głowie, ale teraz sam zaczynał wątpić, czy to nie było tylko przywidzenie, skutek upału i zamieszania. Miał teraz jednak na głowie co innego. Całą hacjendę otaczało ogrodzenie, ciągnące się aż do morza... Tam ludzie Ramireza na pewno nie będą się ich spodziewać.

Głos Marca przerwał te rozmyślania.

– Kiedy Gonzalo i jego towarzysze przybyli do Ameryki Południowej, po raz pierwszy zobaczyli Indian na morzu. Hiszpańscy *cronistas* – kronikarze – uwiecznili na rysunkach ich tratwy. Wyglądały niemal identycznie jak ta.

Beck przyjrzał się uważnie tratwie, podziwiając kunsztowną, złotą pajęczynę.

– Pora się przejść – nagle oświadczył.

Bliźnięta wyszły za nim na taras. W porannym powietrzu unosił się zapach dojrzałych brzoskwiń. W przeciwległym końcu trawnika dżungla, otaczająca hacjendę z trzech stron, tworzyła zwartą ścianę zieleni. Pośród roślinności ginęło gdzieś odległe ogrodzenie, niewidoczne na tym odcinku. Kiedy ruszyli ścieżką biegnącą skrajem dżungli, muskały ich pnącza zwisające z gałęzi potężnych drzew niczym macki jakiejś monstrualnej ośmiornicy.

Wkrótce stanęli w zagajniku wysokich palm, gdzie zarośla ustępowały miejsca piaskowi, i ujrzeli niewielką zatoczkę. O brzeg rozbijały się spienione fale, nadpływając miarowo, sycząc i bulgocząc.

– Jest tylko jeden sposób ucieczki stąd tak, by nas nikt nie zauważył – oznajmił Beck, gdy przeczesywali wzrokiem horyzont. – Morzem. Jeśli zdołamy zbudować taką tratwę jak ci Indianie, możemy popłynąć wzdłuż brzegu. Gonzalo znalazł tak Zaginione Miasto, więc czemu nam miałoby się nie udać? Z mapy wynika, że miasto jest w górach, niedaleko morza. Jeśli szczęście nam dopisze, dotrzemy tam przed porywaczami. A wtedy będziemy mogli ich zaskoczyć. Jeżeli wypłyniemy dziś po zmroku, zanim Ramirez odkryje, że zniknęliśmy, będziemy już całe mile stąd.

Ledwo to powiedział, gdy w krzakach gdzieś za sobą usłyszał szelest liści. Po raz drugi tego ranka poczuł, jak robi mu się zimno.

Znajomy głos przerwał ciszę.

– *Buenos días, amigos* – odezwał się Ramirez.

ROZDZIAŁ SZÓSTY

Beck zamarł, gdy dotarła do niego straszliwa prawda. Gad Ramirez ich przechytrzył. Chowając się w zaroślach, cały czas szedł za nimi i wszystko słyszał. Przepadła jedyna szansa uratowania wuja Ala i ojca bliźniąt.

Prostując się maksymalnie, Beck odwrócił się, by zmierzyć szefa policji lodowatym spojrzeniem. Ramireza jednak nie było, za to w krzakach coś zaskrzeczało, a obok rozległ się gromki wybuch śmiechu. Marco i Christina byli tak rozbawieni, że aż łzy pociekły im po policzkach.

– Może mi ktoś wyjaśni... – zaczął Beck.

– *Buenos días, amigos* – chłopiec znów usłyszał głos Ramireza. Jego słowa przywitała nowa salwa śmiechu. Marco i Christina znów tarzali się po ziemi, nie mogąc opanować wesołości.

– Ringo, przestań! – zawołała Christina i zniknęła w krzakach.

Beck patrzył za nią w oszołomieniu, nie bardzo wiedząc, co powiedzieć.

– Może mi ktoś... – znów zaczął, gdy dziewczyna po chwili wróciła, trzymając w rękach trzepoczący się kłębek kolorowych piór, który głośno skrzeczał i co chwila, wykonując gwałtowne ruchy głową, usiłował ją dziobnąć w kolczyki.

– Señor Beck – powiedział Marco pompatycznym głosem, jak gdyby się zwracał do monarchy. – Pozwoli pan sobie przedstawić – oto Don Ringo Gringo.

– Znany też po prostu jako Ringo, nieznośne papużysko – dodała Christina. – Tata go tak nazwał, bo uwielbia Beatlesów. Za młodu służył na okręcie, który pewnego razu zawinął do Liverpoolu, i tam miał okazję poznać Johna, Paula, George'a...

– I Ringo – dokończył Marco, w chwili gdy papuga skoczyła mu na ramię i zaczęła się przyglądać z zaciekawieniem Beckowi. – Tata najbardziej polubił właśnie Ringo. Mówił, że to niezły jajcarz...

Urwał i zerknął z ukosa na ptaka.

– Co, jak sądzę, wszystko tłumaczy.

– Bingo! – zawołał Beck, a na jego twarzy pojawił się wielki uśmiech.

– Nie Bingo, tylko Ringo – poprawiła Christina. – Przecież go znasz, grał na...

Ale Beck jej nie słuchał.

– Balsa – powiedział podnieconym głosem, wskazując coś w oddali. – To drzewo tam. Takie wyjątkowo wysokie. To balsa. To z niej Indianie budowali tratwy, takie jak ta miniaturka Gonzala. My też użyjemy tego materiału. Bo jeśli nie uciekniemy dziś w nocy – zerknął na Ringo – nakryje nas tu prawdziwy Ramirez.

Ruszyli przez zarośla.

– Drzewa balsa poznaje się po tych kwiatach na końcach gałęzi. Wyglądają jak rożki na lody – Beck wskazał na gładką białą korę pokrywającą pień, który strzelał ku niebu prosty jak strzała. – Rosną szybciej niż większość innych drzew w dżungli, a ponieważ ich drewno jest wyjątkowo lekkie, doskonale się nadaje do budowy tratwy.

– I modeli samolotów – dodał Marco nieco rozmarzonym tonem.

– Skąd ty to wszystko wiesz? – spytała Christina.

– Moi rodzice mieszkali w różnych zakątkach świata, a tata był mistrzem sztuki przetrwania – odparł Beck. – Nauczył mnie wszystkiego, co umiał. Kiedy byłem mały, pokazał mi, jak się buduje schronienie na noc, jak zdobyć pożywienie i wodę. Czasem to było w dżungli, a czasem na pustyni albo w górach. Pierwszy raz zjechałem na linie, kiedy miałem pięć lat.

Westchnął smutno, ale potem znów skupił się na tym, co musieli zrobić.

– Nie ma czasu do stracenia – powiedział. – Trzeba się śpieszyć, jeśli mamy uciec dziś w nocy.

W jego głosie brzmiało ponaglenie.

– Potrzebujemy czegoś ostrego, żeby ściąć to drzewo. Nie powinno z tym być problemów, bo drewno jest bardzo miękkie, tyle że pień ma ponad pół metra grubości. Jeśli potniemy na kawałki trzy, cztery takie drzewa, wystarczy do zbudowania tratwy.

Chłopcy poszli szukać innych drzew balsa, a Christina pośpieszyła w kierunku hacjendy. Wróciła po kilku minutach z przytroczoną do pasa skórzaną pochwą. Długie rzemienie wisiały jej niemal do stóp.

– Maczeta taty – oznajmiła, wyjmując stalową klingę i obracając ją w dłoni, tak że ostra krawędź zalśniła w słońcu. – Lubi z nią paradować po domu, kiedy jest sam. Mama mówi, że się wtedy czuje konkwistadorem.

Wszyscy zabrali się do pracy. Beck wykonał po kilka ukośnych cięć z obu stron pnia, aż w powietrze poleciały wióry. Marco podniósł jeden z nich i obrócił w dłoni. Wiór był lekki jak piórko i miał kolor owsianki.

– Stańcie za mną – zawołał Beck kilka minut później. Drzewo zaczęło się powoli przechylać do przodu, potem coraz szybciej, aż w końcu, łamiąc sąsiednie zarośla, z głuchym łoskotem uderzyło o ziemię.

Potem w identyczny sposób ścięli jeszcze kilka innych drzew balsa w pobliżu, odrąbali im gałęzie, a każdy pień przecięli na trzy części. Na ziemi leżało teraz – niczym olbrzymie zapałki – dwanaście drewnianych kłód. Christina zostawiła podekscytowanych chłopców i poszła szukać bambusów do zbudowania pokładu. Czuła buzującą w żyłach adrenalinę, gdy brała zamach maczetą i z głośnym „łup" uderzała u podstawy kolejne wysokie tyczki. Przypomniała sobie, co opowiadał jej tata o plemieniu wojowniczek żyjących niegdyś w dżungli nad Amazonką, zaledwie kilkaset kilometrów za górami. Kiedy olbrzymie bambusy padały jeden po drugim, czuła się niemal jak jedna z nich.

– Teraz potrzebujemy jeszcze długich pnączy – powiedział Beck, gdy dociągnęli na plażę ostatnie bambusowe tyczki. – Raczej nie będzie z tym problemu.

Pokazał, jaka będzie optymalna długość, a Christina i Marco na zmianę zajęli się odrąbywaniem grubych pnączy oplatających drzewa w dżungli.

Mieli już teraz wszystko, co potrzebne do zbudowania tratwy. Beck pokazał im, jak przewiązać kłody balsy na obu końcach i pośrodku, a potem mocno je ściągnąć. Na górze ułożyli poprzecznie bambusowe tyczki, które wzmocniły konstrukcję i utworzyły pokład.

Kiedy skończyli, Beck zanurzył się w zaroślach. Wrócił po kilku minutach, ciągnąc za sobą jeszcze jakieś drzewo.

– Drzewo namorzynowe – poinformował towarzyszy. – Jest dużo twardsze od balsy, ale rośnie równie szybko. Możemy z niego zrobić maszt i przywiązać w poprzek kawałki bambusa, żeby powstała rama żagla. Indianie użyliby plecionki z palmowych liści, ale ja pamiętam, że zeszłej nocy spałem w bawełnianej pościeli.

Kiedy Christina poszła do hacjendy, by splądrować bieliźniarkę, chłopcy przywiązali do masztu bambusową ramę na żagiel. Potem wsunęli pionową tykę do okrągłego otworu wyciętego przez Becka w pokładzie.

– Doskonale – stwierdził chłopiec, kiedy maszt znalazł się na swoim miejscu. – Siedzi na tyle luźno, by można nim było obracać. Dzięki temu będziemy go mogli ustawiać do wiatru.

Kiedy Christina wróciła z prześcieradłami, Beck uciął cztery kawałki pnączy grubości mniej więcej małego palca i przeciągnął je przez dziurki wzdłuż brzegów tkaniny, jakby mocował wiklinowy kosz do obręczy. Kiedy skończył, wziął jeszcze kilka kawałków drzewa namorzynowego i powiązał je razem w kształt wielkiego „A". Potem wbił tę konstrukcję w pokład na przeciwnym końcu niż maszt.

– To będzie ster – powiedział, zacierając ręce, zadowolony ze swego dzieła. – Do sterowania potrzebna nam jeszcze będzie długa tyczka.

Słońce zaczęło już zachodzić i z każdą chwilą cienie drzew stawały się coraz dłuższe.

– Została nam jeszcze jedna, dość ważna rzecz do zrobienia – powiedział Beck, gdy w zapadającym mroku przyglądali się tratwie. Uderzył mocno maczetą w miękką, zieloną skórkę sporej kuli, wielkości mniej więcej piłki futbolowej, która leżała pod pobliską palmą. Z pęknięcia wypłynęła biała ciecz.

Chłopiec podniósł orzech kokosowy i potrząsając nim, opryskał mlekiem kawałek pokładu tratwy. Potem podał orzech bliźniętom, by zrobiły to samo.

– Nadaję ci imię „Bella Señora" – powiedział uroczyście Beck i cała trójka po kolei wzniosła toast resztką mleka kokosowego. – Niech żyją wszyscy, którzy będą na tobie pływać.

– Za „Bella Señorę" – powtórzyły uroczyście bliźnięta.

Kiedy ceremonia dobiegła końca, Marco poprowadził ich z powrotem do hacjendy. Beck zniknął na piętrze, a bliźnięta zaczęły ładować do wielkiego kosza zapasy jedzenia z kuchni. Marco przekonał señorę Cordovę, żeby wcześnie poszła do domu, utrzymując, że są zbyt zmęczeni, by jeść kolację i zaraz pójdą spać. Gosposia zostawiła im więc tylko wiktuały do zrobienia kanapek.

Kiedy dokładali do kosza jeszcze kilka rzeczy, o których sobie przypomnieli w ostatniej chwili, wrócił Beck. Trzymał w ręku lśniący czarny przedmiot z dużym kolorowym ekranem.

– GPS – wyjaśnił. – Zawsze go zabieram, kiedy jadę gdzieś z wujkiem Alem. On się ciągle gubi, więc urządzenie bardzo się przydaje. Łączy się z satelitami w kosmosie i dzięki temu pozwala określić położenie na powierzchni Ziemi z dokładnością do dwóch metrów!

Bliźnięta obserwowały, jak Beck wpisuje instrukcje z klawiatury i na ekranie pojawia się znajomy kształt Ameryki Południowej. Potem raz po raz wciskał przycisk oznakowany ZOOM i Christina miała wrażenie, jakby lądowała na Ziemi w pojeździe kosmicznym: Kolumbia błyskawicznie rosła w jej oczach, aż w końcu zawiśli nad ulicami Cartageny.

– To cudeńko wie wszystko. Przypływ zacznie się zaraz po północy, a kiedy już wypłyniemy na pełne morze, prąd powinien nas zanieść na wschód. Czyli dokładnie w tym kierunku, w którym chcemy popłynąć.

Policzyłem, że do miejsca, gdzie wylądował Gonzalo, powinniśmy dotrzeć w niecałe dwie doby. W lesie znajdziemy więcej jedzenia i wodę. Ale na razie zjedzmy coś i zróbmy sobie kilkugodzinną drzemkę.

* * *

Kiedy kilka godzin później, tuż przed północą, Beck obudził bliźnięta, w hacjendzie było cicho jak w grobie. Z okna swej sypialni widział dwa policyjne radiowozy blokujące wjazd do domu po drugiej stronie elektrycznej bramy, czubek zapalonego papierosa i sylwetki dwóch policjantów zabijających czas rozmową. Na niebie wisiał księżyc w pełni, niczym dorodny krąg sera.

Trzy postacie przemknęły jak duchy przez trawnik i dalej, leśną ścieżką, na plażę. Marco i Christina dźwigali kosz, a Beck maczetę, którą przytroczył sobie do pasa. W kieszeni miał odbiornik GPS, mapę zaś przymocował starannie pod koszulą.

– Mamy szczęście – wyszeptał, kiedy przeciągali nad wodę tratwę spod palm, gdzie ją ukryli. – Od brzegu wieje mocna bryza, powinniśmy bez trudu wypłynąć z zatoki. A teraz cisza, porozmawiamy, kiedy się już znajdziemy na morzu.

Pracując w milczeniu według instrukcji, jakich Beck udzielił im wcześniej, załoga „Bella Señory" przeciągnęła tratwę przez wąski pas piasku do miejsca, w którym o plażę rozbijały się fale. Kiedy dotarli do wody, Christina poczuła nagle, jak jeżą się jej włosy na głowie, bo oto z dżungli wyleciał w jej stronę jakiś ciemny kształt. Uskoczyła wystraszona, gdy okrążył jej głowę i usiadł na czubku masztu. Wtedy go rozpoznała. To był Ringo.

– Zdaje się, że mamy pasażera na gapę – zamruczał Beck. – Kto mu tu pozwolił przylecieć?

– To nasza maskotka – powiedział Marco.

– Świeże mięso zawsze się może przydać – odparł Beck, przyglądając się papudze, która z przekrzywioną głową zerkała na niego podejrzliwie.

Christina wskoczyła na pokład, a obaj chłopcy umieścili kosz pod masztem, po czym Beck wszedł do wody i zaczął ciągnąć za sobą tratwę. Marco spychał ją równocześnie z plaży. Jak uprzedzał Beck, nocne wodowanie nie było łatwe.

Brnąc w morze, przypomniał sobie sformułowania ze słynnej skali Beauforta. Nauczył się ich jako dziecko podczas żeglarskich wakacji z tatą w Kornwalii. Skala, wymyślona przez admirała Beauforta w 1805 roku, kiedy rozegrała się słynna bitwa pod Trafalgarem, pomagała żeglarzom określać siłę wiatru na podstawie wyglądu morza. Zupełnie płaskiej powierzchni – „morze jak lustro" – odpowiadało zero, huraganowi zaś – „w powietrzu unosi się piana i pył wodny" – dwanaście stopni.

Beck spojrzał na morze, na którym wiatr zdmuchiwał już pianę z czubków fal. „Liczne białe grzywacze. Na grzbietach tworzy się piana" – zamruczał do siebie. Wyglądało to co najmniej na pięć stopni.

Cała sztuka polegała na tym, by przeciągnąć tratwę poza miejsce, w którym załamywały się fale – tak daleko w morze, jak tylko pozwoli jego głębokość. Zanim zdołał opanować kołyszącą się tratwę, woda sięgała mu już powyżej ramion i w ustach czuł jej słony smak.

Nogami musiał stawiać coraz większy opór wzmagającemu się prądowi. Wiedział, że dalej już nie zdoła iść.

– Już! – krzyknął i wytężając wszystkie mięśnie, obaj z Marco wciągnęli się na pokład tratwy.

Zgodnie z instrukcjami Becka Christina ze wszystkich sił przyciskała rumpel, by utrzymać tratwę na kursie na pełne morze. Gdyby teraz uderzyła w nich boczna fala, cały wysiłek poszedłby na marne i wylądowaliby z powrotem na plaży.

Nagle kołysanie tratwy zaczęło słabnąć, a bryza od lądu dmuchnęła w żagiel i pchnęła ich gładko ku otwartemu morzu. W ciągu kilku minut plaża zniknęła w atramentowej czerni rozświetlanej tylko srebrzystym blaskiem księżyca roztaczającym się nad Morzem Karaibskim.

– Teraz już nie ma odwrotu – zawołał Beck. – Płyniemy do Zaginionego Miasta!

Morze jakby zareagowało na ten triumfalny okrzyk szyderstwem, bo oto wszyscy poczuli gwałtowny wstrząs. Tratwa znieruchomiała, choć pod nią przelewały się i kłębiły spienione fale. Przez chwilę wydawało się, że wisi w powietrzu, ale zaraz nieco większa fala uniosła ją i rzuciła w bok, powalając wszystkich troje na pokład.

– Uderzyliśmy w rafę! – krzyknął Marco. – Trzymajcie się! Trzymajcie się!

W górze krążył i skrzeczał Ringo. Christina czuła wodę pod stopami, z całej siły obejmując ramionami rumpel, by nie dać się zmyć z pokładu. Beck i Marco równie desperacko trzymali się masztu. I wtedy, dosłownie o kilka cali od wyciągniętej ręki Becka, powoli zaczął się przesuwać po pokładzie kosz z zapasami.

Ślizgał się w rytm podskoków tratwy, to w jednym kierunku, to w drugim, i przez chwilę wydawało się, że utkwił między dwoma kawałkami bambusa. Ale gdy Marco rzucił się rozpaczliwie, by go pochwycić, kolejna fala zmyła kosz do spienionego morza i palce złapały tylko powietrze.

A potem nagle wszystko się skończyło. Pokład znów się wyprostował do poziomu i wstrząsy ustały. Beck pomacał się w poszukiwaniu maczety. Spoczywała bezpiecznie w pochwie, nadal przywiązanej do pasa. Kipiel uspokoiła się i tratwa gładko posuwała się teraz w stronę pełnego morza. Za sobą widzieli białą pianę z fal roztrzaskujących

się o poszarpane wierzchołki rafy, nad którą
ledwo co udało im się przepłynąć.

„Bella Señora" była w końcu bezpieczna.

Ale kosz – i cała jego zawartość – przepadł w morskiej otchłani.

ROZDZIAŁ SIÓDMY

Załoga „Bella Señory" leżała wyczerpana na pokładzie. Tratwa zachowała się jak koń, który po wyprowadzeniu ze stajni musi najpierw trochę porzucać głową i poparskać, a potem się uspokaja. Wydęty mocno żagiel przypominał Beckowi brzuch jednego ze znajomych wujka Ala, wielbiciela piwa. Wkrótce silna bryza wypchnęła ich poza cypel osłaniający zatokę.

Beck trzymał rumpel, a bliźnięta siedziały po obu stronach i ciągnąc pnącza, sterowały żaglem. Nikt nic nie mówił. Nawet Ringo przestał skrzeczeć i siedział nieruchomo jak posążek na czubku masztu. Ciszę przerywało tylko miarowe chlupotanie fal. Utrata kosza z zapasami na dwudniowy rejs po morzu była strasznym ciosem.

Becka nie martwiło to, że nie mieli co jeść. Wiedział, że człowiek może przeżyć bez jedzenia nawet trzy tygodnie. A kiedy znów dotrą na brzeg, w dżungli znajdą pożywienie. Problemem był brak wody do picia. W palącym słońcu ich organizmy będą się szybko odwadniać, a wody morskiej pić nie można, bo grozi to śmiercią. Sól zatruje im nerki, a przy każdym kolejnym łyku będą mieć wrażenie, jakby ktoś drapał ich w gardła papierem ściernym.

Ale na razie nie chciał martwić bliźniaków, zwłaszcza że musiał im wyznać coś innego.

– To moja wina – odezwał się w końcu. – Powinienem był sprawdzić, czy kosz jest mocno przywiązany do masztu.

Zamrugał i zamknął oczy.

– Jest jeszcze coś, co powinniście wiedzieć.

Towarzysze spojrzeli na niego pytająco.

– GPS wyślizgnął mi się z kieszeni. Przywiązałem go do paska, ale kiedy uderzyliśmy o rafę, sznurek najwyraźniej pękł.

Na tratwie zapadła ponura cisza. Niespodziewanie Beck parsknął śmiechem, co poderwało siedzącego na maszcie Ringo. Spłoszona papuga krążyła nad tratwą, aż w końcu usiadła z powrotem, tym razem na skraju pokładu, tak daleko od Becka, jak tylko mogła bez zmoczenia sobie piór.

– Trzeba na to spojrzeć pozytywnie. Teraz może już być tylko lepiej – powiedział. – Wujek Al zawsze powtarza, że aby przeżyć, trzeba się przede wszystkim uśmiechać. Dopóki żyjemy, zawsze jest nadzieja. Kiedyś spędziliśmy z tatą pięć dni na znacznie mniejszej tratwie niż ta. Tata płynął z misją na „Zielonym wojowniku", kiedy zaatakowali nas nagle piraci na Morzu Południowochińskim. Musieliśmy się żywić deszczówką i rybami, dopóki nie dotarliśmy do lądu.

– Ale jak odnajdziemy drogę bez GPS-u?
– spytała Christina. Jej pytanie zawisło
oskarżycielsko w powietrzu.

– Według gwiazd i księżyca – odparł
Beck. – Pierwsi żeglarze pokonywali wielkie
oceany na takich tratwach jak ta. I z pewnością nie mieli przy sobie GPS-u.

Wskazał czarne jak smoła niebo nad głową, na którym gwiazdy lśniły niczym rozsy-
pane maleńkie brylanciki.

– Każda z tych kropek to słońce takie jak
nasze – mówił dalej. – Tego nasi przodkowie
nie wiedzieli. Wyobrażali sobie, że w niebie
żyją bogowie, a wraz z nimi herosi, konie,
ryby i wszelkie inne stworzenia. Historie,
jakie o nich wymyślali, są dużo ciekawsze
niż telewizja.

– Ale jak nam to pomoże znaleźć drogę
do Zaginionego Miasta? – zapytał sceptycz-
nie Marco.

– Z mapy Gonzala wynika, że musimy
płynąć na wschód. Jeśli więc ustalimy, gdzie

znajduje się północ, nie będzie z tym żadnego problemu – wyjaśnił Beck.

– No dobra, ale gdzie właściwie jest północ? – spytała Christina z rozdrażnieniem w głosie. – Ledwo umiem odróżnić górę od dołu. Wszędzie jest tylko morze i morze. Siedzimy tu jak w pływającym więzieniu, otoczeni ze wszystkich stron wodą.

– Wszystkie gwiazdy z wyjątkiem jednej przesuwają się – powiedział Beck. – To trochę tak, jakby całe niebo wspierało się na gigantycznej tyczce i obracało wokół niej. Ta jedna nieruchoma gwiazda zawsze wskazuje północ. I wiecie, jak się nazywa?

– Jak? – spytał Marco, mocno już poirytowany.

– Gwiazda Polarna albo Północna – uśmiechnął się Beck.

– Ale jak ją znaleźć? – nie ustępował Marco. Patrzyli na maleńkie świetlne punkciki rozrzucone po aksamitnej czerni. – Tu są ich miliony. To jak szukanie igły w stogu siana.

– Raczej jak ziarenka soli w cukierniczce – powiedziała Christina. Wciągnęła głęboko do płuc chłodne nocne powietrze i westchnęła. – W domu czasem leżę na trawie i patrzę w niebo. Czuję się wtedy taka mała. Szkoda, że nie... – urwała.

– Trzeba widzieć w nocnym niebie sprzymierzeńca, a nie złego stwora, który na ciebie czyha – odrzekł Beck. – Ale najpierw musisz go poznać. – Wyciągnął rękę ku ciemności i palcem narysował na niebie jakiś kształt. – Wielki Wóz albo Wielka Niedźwiedzica, różnie go nazywają. To jeden z najłatwiejszych do znalezienia gwiazdozbiorów. Wygląda jak wózek.

– Raczej jak rondelek – powiedziała Christina. Zamilkła i z lekko przechyloną głową spoglądała przez chwilę w niebo. – Rozumiem już, o czym mówiłeś. A „Wielki Wóz" brzmi chyba bardziej poetycko niż „Wielki Rondelek".

Nieco na lewo od Wielkiego Wozu Beck narysował teraz palcem literę „W".

– Kasjopeja – wyjaśnił, zanim bliźnięta zdążyły zapytać. – Wystarczy sobie wyobrazić linię przechodzącą przez środek tego „W" i drugą, która biegnie przez dwie zewnętrzne gwiazdy tworzące rondelek. W miejscu, gdzie się przecinają, znajduje się Gwiazda Polarna, nazywana też Gwiazdą Północną. Gdybyśmy cały czas płynęli w jej kierunku, w końcu dotarlibyśmy do bieguna północnego.

– Ale my chcemy znaleźć Zaginione Miasto, a nie biegun północny – zauważył Marco.

– Żaden problem – odparł Beck. – Wiemy, że góry Sierra Nevada leżą dokładnie na wschód od Cartageny, wystarczy więc, że będziemy płynąć... tam.

Pokazał kierunek prostopadły względem gwiazdy.

– I tak się dobrze składa, że dokładnie tam niesie nas prąd.

Po raz drugi tej nocy Christina była wdzięczna Beckowi za to, że podniósł ją na duchu. Czuła, jak powoli przechodzi jej skurcz żołądka. Aż trudno było uwierzyć, że ten chłopak z Anglii, starszy od nich ledwo o kilka miesięcy, tyle wiedział o przyrodzie i o tym, jak sobie radzić w różnych tarapatach. Ale było już bardzo późno, a jej powieki stawały się coraz cięższe i cięższe.

Bliźnięta zasnęły, a Beck sam pilnował, by „Bella Señora" nie zboczyła z obranego kursu. Kilka godzin później Christinę coś wyrwało ze snu. Wydała stłumiony okrzyk, bo jakieś oślizgłe stworzenie dotknęło jej twarzy. Cokolwiek to było, zaplątało się w jej włosy. Machając rękoma i dziko potrząsając głową, pozbyła się intruza. Ale wtedy poczuła, jak coś równie śliskiego ociera jej się o nogi. A potem o rękę. I znów o twarz. Z nieba poleciał strumień mułu.

A potem, równie nagle, jak się zaczęło, wszystko się uspokoiło. Christina rozglądała się nerwowo przez palce, którymi zasłaniała sobie teraz twarz. Było już jasno i słońce, niczym wielka mandarynka, powoli unosiło się nad horyzontem. Rozległ się cichy odgłos czegoś podskakującego na pokładzie.

Tym razem to Beck zwijał się ze śmiechu na widok skonsternowanych min bliźniaków.

– Przepraszam, że was zbudziłem – powiedział. – Pomyślałem, że chętnie byście zjedli śniadanie, ale zjawiło się trochę wcześniej, niż sądziłem.

Na pokładzie leżało pięć latających ryb. Ich pyski otwierały się i zamykały, a płetwy trzepotały bezradnie w drgawkach agonii. Marco pochwycił jedną z ryb, gdy po raz ostatni usiłowała rozpostrzeć skrzydła, po czym padła martwa na tratwę.

– Uderz je rękojeścią w głowę – zawołał Beck, podając mu maczetę. – To im oszczędzi cierpienia.

Marco chodził na czworakach po pokładzie i dobijał ryby, a Christina patrzyła na to ze zgrozą. W końcu wszystkie pięć ryb legło martwych.

Beck spokojnie podniósł najbliższą i rozciągnął jej płetwy.

– Latające ryby mają aż cztery „skrzydła" – wyjaśnił, jak gdyby był nauczycielem na lekcji biologii. Położył rybę przed bliźniętami. – Kiedy uciekają przed napastnikiem, rozpędzają się w wodzie, a potem wynurzają się na powierzchnię, rozkładają płetwy jak skrzydła i przelatują nad falami. Fajny sposób ucieczki, co? Chyba że się wyląduje komuś na tratwie. Jesteście głodni?

Christina patrzyła na niego z niedowierzaniem.

– Chyba nie zamierzasz ich jeść na surowo?

– Wnętrzności oczywiście nie – odparł Beck. – Choć też możemy je wykorzystać na przykład jako przynętę albo olejek do opalania. – Spojrzał na horyzont, przesłaniając oczy przed blaskiem słońca. – A wygląda na to, że trzeba się dziś będzie czymś posmarować.

Ułożył wszystkie pięć ryb jedna obok drugiej i starannie usunął im płetwy.

– Szczerze mówiąc, nie wiem, do czego by nam się mogły przydać.

– Może je zszyjemy i sami sobie zrobimy skrzydła – zaproponowała Christina. – Moglibyśmy polecieć do Zaginionego Miasta. Tak byłoby szybciej.

Beck zignorował jej słowa, podniósł maczetę i szybkimi ciosami fachowo pozbawił ryby głów. Potem rozciął miękkie białe brzuchy i rozchylił je palcami. Na pokład z plaśnięciem wypadły wnętrzności.

– To się nazywa przynęta – stwierdził z uśmiechem zadowolenia, grzebiąc w śliskiej kupce. – A olej z wątroby doskonale chroni przed słońcem. Wysuszymy je i zobaczycie, że będą lepsze niż wszystkie kremy, jakie można kupić w sklepie. Rybi olej jest bogaty w witaminę D i świetnie się wciera. Trochę śmierdzi, ale kiedy gra toczy się o życie, nie można wybrzydzać. Co najmniej faktor dwudziestka, jak sądzę.

– Ohyda – jęknęła Christina. – Ale paskudztwo. – Skrzywiła nos z obrzydzenia na widok małych, pomarańczowych torebek, które Beck starannie ułożył na pokładzie.

– Zadziwiające, jak bardzo człowiekowi przestaje przeszkadzać ten zapach, kiedy naprawdę chce mu się jeść i pić – powiedział Beck tonem nieomal filozoficznym. – Lepiej się bierzmy do jedzenia, zanim się zrobi cieplej i ryby zaczną się psuć. Ale najpierw musimy wypić jak najwięcej płynu, bo bez tego nie zdołamy strawić mięsa.

Beck położył się na pokładzie, złapał oburącz jedną z ryb i ścisnął ją. Z różowobrązowego mięsa wypłynęła i pociekła mu na wargi ciemna ciecz przypominająca kompot ze śliwek.

– Ma trochę gorzki smak – zauważył beztrosko, kiedy się już napił. – Ale na pewno można tym zmoczyć gardło.

Na twarzach rodzeństwa uczucie obrzydzenia walczyło z pragnieniem. „To dobra lekcja" – pomyślał Beck. Jego nowi przyjaciele będą musieli się szybko uczyć.

– Dobra, kto następny? Chrissy, wyciągnij ręce. – Dziewczyna, jakby ktoś rzucił na nią urok, posłusznie złożyła dłonie. Mdliło ją i oddychała ciężko.

Beck chwycił maczetę, a w drugą rękę jedną z rybich głów. Sprawnym ruchem wydłubał czubkiem ostrza oko – prosto na ręce Christiny. Ta drgnęła odruchowo, ale nie cofnęła się i czekała cierpliwie, aż Beck zbierze w ten sposób wszystkie pięć par oczu.

Spojrzała na nie. Dziesięć szklistych gałek leżało w jej dłoniach. Czuła, jak żołądek podchodzi jej do gardła i musiała przełknąć ślinę, by nie zwymiotować. Marco odwrócił głowę.

– Nie ma chętnych? – spytał Beck. – Bierzcie albo ja się nimi zajmę. Bo jeśli będziemy dłużej zwlekać, to za chwilę się zaczną psuć.

Christina patrzyła ze wstrętem, jak Beck bierze z jej dłoni jedno z oczu, odchyla głowę do tyłu i ściska je mocno między kciukiem a palcem wskazującym. Na język popłynęła mu cienka strużka wodnistego płynu. Potem wsunął sobie rybie oko do ust i zaczął je żuć. W podobny sposób wycisnął jeszcze dwie gałki.

– To jest po prostu obrzydliwe – skrzywił się Marco, ze wszystkich sił starając się opanować mdłości. – Jeśli dalej chce ci się pić, możesz sobie wziąć moją dolę.

– Ja bym jej tak szybko nie oddawał. Nie możesz być mięczakiem, jeśli chcesz przeżyć – odparł Beck. – Już mi lepiej – powiedział, wycierając rękawem usta. Sięgnął po kolejne rybie oko spoczywające w dłoniach Christiny, ta jednak odsunęła się tym razem.

– Teraz chyba moja kolej – stwierdziła zdecydowanym głosem. Podniosła jedną z galaretowatych kulek i odchyliła głowę. Ścisnęła. Skrzywiła się, kiedy do gardła spłynęła jej strużka cieczy. Potem, z szeroko otwartymi ustami i cały czas zaciskając powieki, położyła sobie na języku lśniącą gałkę, spuściła głowę i zaczęła żuć. W końcu przełknęła.

Beck obserwował grymas malujący się na jej twarzy, gdy śliska maź przechodziła jej przez gardło.

– *Buen apetito!* – powiedział.

ROZDZIAŁ ÓSMY

Beck patrzył apatycznie na lśniące, spokojne morze. Było późne popołudnie, kończył się pierwszy dzień ich morskiej wyprawy i wiatr niemal zupełnie ustał. Żagiel „Bella Señory" zwisał oklapły z masztu, znów przypominając bardziej prześcieradło.

Po pięciogwiazdkowym śniadaniu z surowych ryb popijanych płynem z oczu i krwią Beck nie próżnował. Kilka łyżeczek rosy zebranej w ciągu nocy w fałdach u dołu żagla pozwoliło załodze zwilżyć wargi i spłukać z nich smak ryb.

Rybie wątroby szybko wyschły na słońcu i na ich powierzchni zebrały się krople gęstego oleju, którym wysmarowali sobie odsłonięte fragmenty skóry. Przez jakiś czas chłodziła ich bryza, ale stopniowo przewagę zaczęło zyskiwać bezlitośnie prażące słońce. Bliźnięta drzemały w cieniu masztu. Marco tulił w ramionach cynową puszkę, którą wypatrzył unoszącą się w wodzie i zdołał wyłowić, gdy przepływali tuż obok. Wewnątrz znajdowały się teraz – i rozkładały – wnętrzności latających ryb.

Beck uśmiechnął się. Marco szybko się uczył. Minęło mu już poranne obrzydzenie. Wszystko, co mogło im pomóc utrzymać się przy życiu, było bezcenne. Również te rybie wnętrzności. Ale Beck czuł, że ma sucho w gardle, a w brzuchu zaczyna mu burczeć. Woda dookoła była taka czysta, chłodna i kusząca... Przez dłuższą chwilę trzymał w niej rękę, marząc o tym, by móc w ten sposób ochłodzić także usta.

Ale gdzieś w głowie odzywały się dzwonki alarmowe. To by było szaleństwo. W historii morskich podróży nie brakowało żeglarzy, którzy nie zdołali się oprzeć pokusie picia słonej wody i szybko postradali zmysły.

Przez głowę przemknęła mu ponura myśl. Przypomniał sobie dzień, w którym wujek Al zabrał go do Luwru, sławnej galerii sztuki w Paryżu. Nie interesowała go oblegana przez turystów *Mona Liza*. Zamiast tego siedział prawie przez godzinę, wpatrując się w wielkie płótno zasłaniające niemal całą ścianę w jednej z innych sal galerii. Nosiło tytuł *Tratwa „Meduzy"* i namalował je Géricault. Wujek Al opowiedział mu tę historię. Francuski statek „Meduza" zatonął w czasie sztormu, ale część załogi zdołała się uratować na tratwie. Po kilku tygodniach na morzu rozbitkowie z rozpaczy i głodu zaczęli się zjadać.

Beck spojrzał na leżącą Christinę i jej wyciągniętą nogę, która zdała mu się nagle bardzo apetyczna. Podniósł oczy ku niebu i zaśmiał się w duchu.

– Nie wolno mi zjeść nogi Christiny – powiedział do siebie. A potem powtórzył to trzykrotnie, jak gdyby znów był w szkole i musiał za karę przepisywać zdania pod bacznym spojrzeniem pani Armington.

– Ale papuga to co innego – dodał, zrywając się nagle i udając, że chce złapać Ringo, który skakał po pokładzie i teraz zaskrzeczał przeraźliwie i zatrzepotał w panice skrzydłami.

Zamieszanie wyrwało bliźnięta z otępienia. Marco jęknął i podczołgał się ku krawędzi tratwy, mamrocząc, że zaraz zwymiotuje. Beck złapał go za rękę, uniósł mu dłoń i mocno przycisnął kciuk do żył pośrodku nadgarstka. Ramiona chłopca opadły bezwładnie, a mięśnie brzucha rozluźniły się. Mdłości powoli ustępowały.

– Jak to zrobiłeś? – spytał zdumiony.

– To stara technika akupunktury, której nauczyła mnie mama – powiedział Beck. – Lepiej nie wymiotować, jeśli można to powstrzymać. Straciłbyś mnóstwo płynów, a wiesz już, co to oznacza.

– Więcej rybich oczu – powiedziała Christina. – Pycha! – Ziewnęła i potrząsnęła głową, aż w słońcu zalśniły jej kolczyki. Podniosła wzrok i napotkała badawcze spojrzenie Becka.

– Chyba mam pomysł – powiedział.

– Tak jest, kapitanie – odparł Marco, który poczuł się już lepiej i patrzył na Becka z zaciekawieniem. – Pochwal się.

– Twoje kolczyki, Christina. Daj mi je.

Sięgnął do jej uszu, ale dziewczyna wyrwała mu się.

– Co ty wyrabiasz!? – zawołał Marco. Skoczył na pomoc siostrze i między chłopcami wywiązała się krótka szarpanina.

– Haczyki na ryby – wysapał Beck. – Twoja siostra ma w uszach parę świetnych haczyków. Potrzebujemy jedzenia, a ona nie musi teraz ładnie wyglądać. A jak się będziesz rzucać, to wywrócisz tratwę.

Marco puścił go i Beck zastanawiał się, czy chłopiec zdaje sobie sprawę, że w regularnej walce nie miałby z nim żadnych szans. Ale to nie była bójka, Marco zdradzał tylko oznaki stresu i Beck nie miał żadnego powodu, by mu pokazywać, co potrafi młody mistrz dżudo.

Christina złapała się za uszy i Beck zobaczył łzy w jej oczach.

– Przepraszam – szepnął – ale musimy zdobyć coś do jedzenia. Jeśli nie złowimy paru ryb, wkrótce sami staniemy się ich pożywieniem.

Przechylając głowę najpierw w jedną, potem w drugą stronę, Christina zwinnymi ruchami dłoni zdjęła oba kolczyki.

– Zaczynam cię nienawidzić, *Inglés* – powiedziała. – Mama przywiozła mi je z wycieczki do Brazylii. – Upuściła kolczyki na wyciągniętą rękę Becka. – Oczekuję ich z powrotem, razem z rybami na kolację.

Beck usiadł, opierając się plecami o maszt, a Marco przejął rumpel. Wiatr znów zaczynał się wzmagać, podczas gdy słońce powoli osuwało się ku horyzontowi i zapadał wieczór. Za pomocą maczety Beck wygiął oba kolczyki, nadając im kształt haczyków na ryby. Pokazał je towarzyszom.

– Bardzo sprytnie, kapitanie – powiedział Marco. – Ale nie mamy żyłki.

– I tu się mylisz – odparł Beck, rozwiązując swoje tenisówki.

Ale Christina nie słuchała tej wymiany zdań. Skakała podekscytowana, wskazując przed siebie.

– Patrzcie! Tam!

Beck spojrzał w wodę. Wokół tratwy śmigały chyżo jakieś ciemne kształty. Poruszały się tak szybko, że znikały z oczu, zanim zdołali im się przyjrzeć. Christina wydała okrzyk zachwytu, kiedy jeden z cieni nagle wyskoczył nad wodę i poszybował nad nią łukiem. Chwilę potem to samo zrobił następny i następny. Wyglądało to zupełnie jak popisy akrobatów w cyrku.

– Delfiny – roześmiał się Marco, a w wieczornym słońcu zalśniły kropelki wody odrywającej się od ich gładkich, białych brzuchów. Bliźnięta widziały już delfiny w akwariach, gdzie popisywały się skokami przez obręcz, za co treser nagradzał je rybami. Teraz po raz pierwszy spotkały je na otwartym morzu.

Wymyślne tańce i akrobacje delfinów podniosły wszystkich na duchu. Christina aż westchnęła z zachwytu, gdy w powietrze wzbiła się matka z dwoma młodymi. Cała trójka wykonała zgrabne salto i na powrót zanurzyła się w morzu.

– *Bailemos, bailemos!* Zatańczmy, zatańczmy! – zawołała dziewczyna i kilka razy podskoczyła wesoło na pokładzie.

– To jest dużo lepsze od pływania synchronicznego – oczy Marca lśniły z zachwytu. – Robią to z taką gracją.

– Patrzcie, uśmiecha się do nas! – wołała zafascynowana Christina, kiedy samica znów wzbiła się nad wodę. A potem, niczym słońce chowające się za chmurami, delfiny nagle zniknęły.

– Czemu tak nagle odpłynęły? – zawołała rozczarowana Christina.

Ale Beck jej nie słuchał. Wpatrywał się w morze, powoli przesuwając wzrokiem po powierzchni wody wokół tratwy. Czując, że coś jest nie w porządku, bliźnięta śledziły jego spojrzenie.

I wtedy Marco to zobaczył. Poczuł, jakby ktoś wbił mu nagle nóż prosto w brzuch. Nieopodal tratwy pojawił się złowieszczy czarny trójkąt, niczym żagiel maleńkiego pirackiego statku.

Nikt nie powiedział ani słowa. Nie było potrzeby.

Wokół „Bella Señory" krążył rekin.

ROZDZIAŁ DZIEWIĄTY

Bliźnięta jak zahipnotyzowane obserwowały czarną płetwę, która cięła wodę niczym nóż plastikową folię. Poruszając niedbale potężnym ogonem, rekin krążył złowrogo tuż pod powierzchnią wody. Gładkie morze, w którym dopiero co bawiły się beztrosko delfiny, nagle zrobiło się ponure i groźne.

Ale Beck patrzył już na co innego. Nic dziwnego, że pojawił się rekin. Z tratwy spływała do wody strużka czerwonej mazi. Przyglądając się igraszkom delfinów, ktoś musiał przewrócić puszkę z wnętrznościami ryb. „To jak czerwona płachta na byka" – pomyślał Beck. – „Albo puszka sardynek dla zgłodniałego kota".

Myślał gorączkowo. Wiedział aż za dobrze, co rekin mógłby zrobić z ich tratwą. Przypomniał sobie wyprawy z ojcem. Podczas misji Jednostki Zielonej łowili kiedyś ryby na Wielkiej Rafie Koralowej koło Australii. Ojciec wylał do morza wiadro rybiej krwi i wnętrzności. W ciągu paru minut wokół łodzi pojawiły się trzy rekiny tygrysie.

Tego dnia Beck dowiedział się kilku ważnych rzeczy o zachowaniu tych drapieżników. Lekcja numer jeden: rekin potrafi wyczuć kroplę krwi w zbiorniku wielkości olimpijskiego basenu. Lekcja numer dwa: potrafi pływać z szybkością sześćdziesięciu kilometrów na godzinę. Szybciej niż Beck zjeżdżający z góry na rowerze wyścigowym.

Chwycił puszkę, postawił ją i zaklinował z powrotem pod masztem, zanim cała jej krwawa zawartość zdążyła wypłynąć do morza.

– Chyba lepiej będzie nie ściągać na imprezę reszty rodziny – powiedział, wycierając o koszulę ręce ubrudzone w lepkiej mazi. – Te rybie wnętrzności są doskonałą przynętą, ale nie myślałem o łapaniu na nią rekina tygrysiego. Musimy teraz zachować spokój. Im bardziej będziemy się ruszać, tym większe wzbudzimy zainteresowanie rekina. Przy odrobinie szczęścia może mu się znudzi i odpłynie.

Ale nic nie wskazywało na to, by rekin tracił nimi zainteresowanie. Był głodny, a krwawy ślad ewidentnie pochodził z tej wątłej, drewnianej konstrukcji unoszącej się nad jego głową. Przerażona Christina kurczowo ściskała rękę brata. Płetwa płynęła teraz prosto na nich. Z boku mignął ścięty pysk drapieżnika i przez moment dziewczyna spojrzała w jego szkliste oko.

Beck odetchnął z ulgą, gdy w ostatniej chwili rekin zanurkował pod tratwą, by zaraz pojawić się po drugiej stronie.

Krążył wokół nich niczym strażnik pilnujący więzienia, co jakiś czas wykonując nagłe, nieoczekiwane ruchy w ich kierunku. Marco i Christina byli przerażeni. Oboje obejmowali kurczowo maszt i mamrotali coś, czego Beck nie słyszał. Christina przeżegnała się.

Uderzenie było nagłe i całkowicie zaskoczyło załogę „Bella Señory". Pokład zadrżał i uniósł ich wysoko w powietrze, gdy nos rekina wbił się pomiędzy drewniane bale. W odruchu paniki wszyscy potoczyli się w przeciwnym kierunku, a maszt jęknął i zadrżał. Ringo gdzieś zniknął.

Beck zerwał się na nogi i złapał za maszt, by utrzymać równowagę.

– To był tylko pozorowany atak. Jeśli uderzy znowu, zatopi tratwę. Chrissy, Marco, mamy tylko jedną szansę.

Nawet on z trudem zachowywał spokój.

Rekin znów się zbliżał, ale tym razem zatoczył dużo mniejszy łuk.

– Odwiążcie od żagla któreś z pnączy. – Beck nie odrywał wzroku od trójkątnej płetwy, śledząc bacznie każdy jej ruch. – Wszystko jedno które. Odwiązujcie! Szybko!

W jego głosie brzmiało ponaglenie.

Zesztywniali ze strachu Marco i Christina pracowali razem jak roboty, mechanicznie, nie myśląc o niczym. Drżącymi palcami wyciągali pnącze z dziurek, przez które tak starannie je wcześniej przewlekli, by przymocować prześcieradło do ramy masztu.

– Musieliśmy to tak mocno zawiązywać? Teraz nie chce puścić! – syknął Marco.

Beck jedną ręką trzymał rumpel i stojąc na krawędzi tratwy, obserwował powierzchnię wody.

– Szybko! Pośpieszcie się!

Jego głos był już spokojniejszy, bardziej opanowany. Chłopiec wiedział, że jego towarzysze robią, co mogą, by jak najszybciej odwinąć pnącze.

– Gotowe! – zawołał w końcu Marco, ścierając pot z czoła.

Beck wprawnym ruchem wyjął z pochwy maczetę i trzymał ją w ręku, szepcząc coś, by dodać sobie odwagi, jakby szykował się do wyścigu. Na jego twarzy malowała się spokojna determinacja. Był absolutnie pewny, że ma tylko jedną szansę i nie zamierzał jej zmarnować.

Kiedy Marco podał mu pnącze, przywiązał jeden koniec do metalowego pierścienia zwisającego luźno z rękojeści maczety. Palce wykonywały wprawne, pewne ruchy, a Beck powtarzał sobie w myślach stare skautowskie powiedzenie: „Z nory królika wybiega królik, okrąża drzewo i wraca do nory". Węzeł ratowniczy umiał zawiązać nawet we śnie, ale nigdy jeszcze ta umiejętność nie była mu tak bardzo potrzebna.

Ściągając węzeł, znów zerknął na rekina.

– Przywiążcie drugi koniec do masztu – polecił. – Najlepiej węzłem wantowym. Ale może być i inny, byle tylko mocno trzymał. Jeśli stracimy maczetę, będzie po nas.

W chwilę potem rekin zaatakował. Sunął jak torpeda prosto na tratwę. Christina krzyknęła, gdy Beck rzucił się przez pokład. Nad powierzchnią wody nietrudno teraz było zobaczyć rzędy ostrych jak brzytwa zębów. Szczęki rekina rozwarły się szeroko i bliźniętom na drugim końcu tratwy zdawało się, że zaraz pochwycą i połkną Becka w całości.

Chłopiec znieruchomiał na moment. W prawej ręce trzymał uniesioną wysoko maczetę, a pod skórą napięły mu się wszystkie mięśnie. Nagle, błyskawicznym ruchem, zamachnął się i maczeta, przecinając powietrze jak bumerang, poleciała w kierunku napastnika.

Marco miał wrażenie, że ogląda w zwolnionym tempie zwycięski rzut w końcówce finału Pucharu Świata. Lśniąca stal obróciła się kilka razy z głośnym świstem i uderzyła

w głowę rekina, prosto w oko. Z rany try-
snął wysoko ku niebu strumień krwi.

Rekin zanurkował, a jego pysk o włos
tylko minął krawędź tratwy. Wywoła-
na tym gwałtownym ruchem fala uniosła
w powietrze jej przeciwległy koniec. Po
raz trzeci w ciągu trzech minut wszyscy
znów przywarli do masztu, by nie wpaść
do wody.

Kiedy ponownie ujrzeli głowę rekina
z boku tratwy, wydawało się przez moment,
że uśmiechnął się do nich niespodziewanie.
Krew płynęła z rany coraz szerszym strumie-
niem, a woda dookoła zmieniała barwę na
szkarłatną. Machając dziko ogonem, bestia
słabła i powoli konała. Życie uciekało z niej
jak powietrze z przebitej opony. W końcu
pysk zanurzył się w falach i martwe już cielsko z rozwartymi szczękami przekręciło się
bezwładnie na bok.

Z grymasem determinacji na twarzy
Beck wbił maczetę jeszcze głębiej w mózg

zwierzęcia. Nie mogąc uwierzyć, że niebezpieczeństwo już minęło, Marco i Christina wciąż trzymali się kurczowo masztu. Beck triumfalnie potrząsnął wyciągniętą ręką. Zbryzgany krwią, osunął się ciężko na pokład, tuż obok unoszącego się na wodzie cielska.

Przez dłuższą chwilę nikt nic nie mówił. Żagiel powiewał luźno na wietrze. Nagle Beck otrzeźwiał, usiadł prosto i wymruczał do siebie jak w transie:

– Odetnij go. Odetnij. Bo inaczej ściągną tu za chwilę wszystkie inne rekiny w okolicy.

Wstał z trudem i szarpnął za rękojeść maczety, usiłując ją wyrwać z głowy rekina. Tkwiła głęboko i mimo wysiłków nie był w stanie jej uwolnić. Marco puścił maszt i razem zaczęli teraz ciągnąć ze wszystkich sił.

W końcu, z nieprzyjemnym mlaśnięciem, jakby buta wyciąganego z błota, stalowa

klinga wyskoczyła, a wyczerpani chłopcy opadli na pokład. Christina bez słowa
chwyciła rumpel i tratwa powoli odpłynęła
od martwej ryby.

Bitwa o „Bella Señorę" dobiegła końca.

ROZDZIAŁ DZIESIĄTY

Beck pozwolił tratwie dryfować. Poobijani i wyczerpani po bitwie z rekinem wszyscy zasnęli, a „Bella Señora" płynęła w noc. Wydawało się, że minęła ledwo chwila, gdy słońce obiegło całą ziemię i znów pojawiło się na wprost nich. Kolor morza zaczął się zmieniać z czarnego w fioletowy, potem czerwony i różowy.

Beck obliczał położenie tratwy. Wiatr i prąd niosły ją ze stałą prędkością w kierunku wschodzącego słońca.

– Słońce wstaje na wschodzie, więc płyniemy na wschód – wymruczał zmęczony kapitan, jakby próbując sam siebie przekonać do tego, co podpowiadał mu mózg.

Płynęli już dwie noce i cały dzień. Przy średniej prędkości czterech-pięciu węzłów musieli pokonać około 150 mil.

W oddali pojawiły się stada ptaków, a na niebie zbierały się kłębiaste chmury przypominające olbrzymie porcje waty cukrowej. Beck przyglądał im się w zamyśleniu. U podstawy chmur wyraźnie widział delikatny zielonkawy odcień.

– Odbicie dżungli – powiedział w końcu do siebie. – A te ptaki to pelikany. Co oznacza, że musimy być blisko...

– Ziemia! – zawołał Marco, zrywając się na nogi i wskazując coś ręką z przejęciem. Christina w jednej chwili oprzytomniała, strząsnęła z siebie resztki snu i wpatrywała się teraz uważnie w delikatną mgiełkę tam, gdzie pokazywał Marco. Nad horyzontem ledwo można było dostrzec zarys gór, których wierzchołki pokrywał śnieg, lśniący w porannym słońcu. Na twarzy Marca pojawił się uśmiech.

– Sławne góry Sierra Nevada w Kolumbii. Zaginione Miasto, wkrótce cię odnajdziemy!

Ale Beck zwrócił już wzrok ku morzu, a na jego obliczu malował się niepokój. Na horyzoncie gromadziły się chmury, które przypominały wyglądem gęste śnieżne zaspy.

– Mam złe wiadomości. To mi wygląda na nimbostratusy. Za kilka godzin dopadnie nas sztorm. Jedyna nadzieja w tym, że uda nam się wcześniej dopłynąć do brzegu.

Beck sięgnął pod koszulę. Rozpiął klamrę i wydobył plastikowe etui na mapę, które położył sobie na kolanach.

– Założę się, że Gonzalo też by sobie takie sprawił – powiedział, rozkładając plastikową płachtę na pokładzie. Wewnątrz znajdowała się mapa konkwistadora. – Nigdy nie wychodź z domu bez wodoszczelnego mapnika. To moja zasada.

– Wygląda bardziej jak mapa króliczej nory niż Zaginionego Miasta – zauważyła

Christina, gdy razem z bratem pochylili się nad ramieniem Becka i przyglądali plątaninie linii naszkicowanych czarnym, wyblakłym już atramentem.

– Zastanawiałem się nad tym – powiedział Beck. – Moim zdaniem mapa składa się z trzech części pokazujących trzy różne etapy podróży.

Podniósł wzrok na góry, których poszarpane szczyty rysowały się już wyraźnie na tle szafirowego porannego nieba.

Nagle Marco wykrzyknął, wyrwał mapnik z dłoni Becka i uniósł go ku niebu. U góry pergaminu widać teraz było wyraźnie grubą falistą linię. W dół odchodziły od niej inne linie, gdzieniegdzie z zaznaczonymi krzyżykami i podpisami po hiszpańsku, wykonanymi archaicznym odręcznym pismem. Marco trzymał mapę prosto pod słońce i mrużąc oczy, przesuwał ją powoli tam i z powrotem. W końcu jego ręka znieruchomiała.

– Zobaczcie – zawołał podnieconym głosem. – To muszą być góry, tak jak je widział Gonzalo, kiedy jego statek zbliżał się do brzegu. Narysował tu każdy wąwóz i szczyt. Zarys gór jest prawie identyczny jak te linie na pergaminie. Widać to, kiedy się patrzy pod światło. Niemal dokładnie się pokrywają.

Pod wcięciem w wysokich górach biegła nierówna linia zakończona dużym krzyżykiem. Obok, wypisane drukowanymi literami, widniały słowa:

AQUI. 8 DIC. AÑO DE. NUESTRO SEÑOR MDXXII

– „Tutaj. Ósmego grudnia Roku Pańskiego 1522" – wyszeptał Marco. – To tam musieli wylądować konkwistadorzy. Wszystko się zgadza. Te linie odchodzące od gór to na pewno rzeki. A pozostałe oznaczają ścieżki w dżungli. To zaczyna mieć sens.

Bliskość lądu wprawiła załogę tratwy w euforię. Ale kiedy słońce przesunęło im się nad głowami i zrobiło się popołudnie, wiatr zaczął wiać silniej. Na niebie zbierały się ciężkie chmury burzowe. U podstawy były niemal czarne i miały setki metrów grubości. Jedna, spłaszczona u góry, przypominała kowadło w kuźni.

– Cumulonimbusy – oszacował Beck. – Kłębiaste chmury deszczowe. Niedobrze. Miałem nadzieję, że zdążymy dobić do brzegu, zanim rozpęta się sztorm. Niestety, to nam się nie uda. Trochę słodkiej wody bardzo by nam się przydało, ale ta ilość mogłaby zalać całe miasto.

Christina spojrzała na niego ponurym wzrokiem.

– Nie potrzebuję specjalisty od sztuki przetrwania, żeby to zauważyć, Beck. Te chmury wyglądają, jakby były w stanie zatopić nie tylko naszą „Bella Señorę", ale i „Titanica".

Wiatr gnał ich teraz w stronę lądu. Morze pod nimi burzyło się, a tratwa na zmianę unosiła się na falach i opadała między nimi. Beck widział wstęgi białego piasku w miej-

scach, gdzie między zielenią dżungli a błę-
kitem morza wcisnęła się plaża. Na całej
długości przerywały ją co kawałek ciemne,
skaliste cyple.

Popatrzył z niepokojem w niebo. Gdyby
sztorm nadszedł kilka godzin później, mogliby spokojnie wybrać miejsce do zejścia na
ląd. Ale przy tej sile wiatru i prądu stero-
wanie tratwą za pomocą rumpla stawało się
niemal niemożliwe.

Ląd zbliżał się coraz bardziej. Beck zamrugał oczami – spełniały się jego najgorsze obawy. Tratwa pędziła prosto na cypel rozdzie-
lający dwie zatoki. W ich kierunku ciągnął
się ostrzegawczy pas białej piany wywołanej
przybojem w miejscu, gdzie za cyplem powstała piaszczysta łacha i fale rozbijały się na dwie
części niczym sznur samochodów na rozwi-
dlających się drogach. Dalej, po obu stronach
cypla, potężne bałwany uderzały w plaże.

– Już niedługo – zawołał Beck, przekrzykując huk wiatru. – Spróbuję utrzymać

tratwę w dolinach między falami. Jeśli porwie nas któraś z nich, wpadniemy na skały.

Beck wykrzykiwał polecenia, a Christina i Marco robili, co mogli, by zachować kontrolę nad tratwą. Ringo zerwał się ze swego miejsca na czubku masztu i krążył teraz gdzieś nad ich głowami, skrzecząc głośno. Ale w tej chwili potężna fala uniosła ich nagle i bliźnięta poczuły, że lecą ku niebu, jak gdyby jakaś olbrzymia ręka rzuciła nimi w stronę brzegu.

Kiedy nastąpiło uderzenie, tratwę przeszedł straszliwy wstrząs. Jej róg zahaczył o piaszczystą łachę i kiedy następna fala znów ich uniosła, tratwa obróciła się wokół własnej osi, wyrzucając rodzeństwo do morskiej kipieli. Przez ułamek sekundy Beck widział, jak rozpaczliwie młócą powietrze rękoma i nogami, i słyszał skrzeczącą w górze papugę. Potem wszystko zniknęło, przykryte kolejną, potężną falą, która przewaliła się przez pokład i rzuciła chłopca na maszt.

Czuł, że nogi ma jak z waty, i walczył desperacko, by nie dać się wciągnąć pod wodę.

Za moment jednak znów zrobiło się głębiej, a fale stały się bardziej regularne. Tratwa przepłynęła piaszczystą łachę i mknęła już w stronę plaży. Wokół Becka rosła szybko góra wody, a kolejna fala gwałtownie podniosła tył tratwy.

Beck w ostatniej chwili uświadomił sobie zagrożenie i instynktownie rzucił się do przodu w momencie, gdy tratwa uderzyła o brzeg. Poczuł, jak upada na twardy piasek, a zaraz potem prąd powrotny zaczyna go ciągnąć za nogi do morza. Ledwo zdążył dojrzeć, jak fala przyboju podrzuca nieopodal Marca, gdy nadpłynęła kolejna masa wody i po raz drugi uderzył o piasek. Zaczerpnął gwałtownie powietrza i usiłował utrzymać się na plaży, z której znów zaczął go ściągać prąd powrotny.

Marco leżał tuż obok, podrzucany przez bezlitosny przybój jak szmaciana lalka.

Beck wyciągnął rękę i chwycił go za koszulę w tym samym momencie, kiedy następna potężna fala porwała ich i rzuciła na brzeg. Wreszcie znaleźli się poza zasięgiem fal. Poczołgali się jeszcze kawałek i padli wyczerpani na piasek.

– Udało się! Żyjemy! – Beck chwytał garściami mokry pasek. Ale na poszarzałej twarzy Marca zobaczył przerażenie.

– Christina... – wyszeptał cicho chłopiec. Zerwał się nagle i jak oszalały zaczął biegać po brzegu, krzycząc coraz głośniej, próbując coś dojrzeć wśród fal. – Christina! Christina!

Beck stał już za nim i także usiłował przebić wzrokiem spienioną kipiel. Ale trzeciego członka załogi „Bella Señory" nigdzie nie było widać.

Christina zniknęła.

ROZDZIAŁ JEDENASTY

Wyczerpany Beck powoli budził się ze snu. Kilka godzin temu padł pod palmą, poobijany i wyczerpany, nie czując rąk ani nóg. Kawałek dalej Marco jęczał i niespokojnie przewracał się z boku na bok. Po bezowocnych próbach odnalezienia Christiny, gdy usiłowali przekrzyczeć huk fal rozbijających się o brzeg, chłopcy uznali, że muszą wstrzymać poszukiwania do wschodu słońca.

Kiedy wylądowali na plaży, Marco wpadł w histerię, biegał na oślep tam i z powrotem, wykrzykując imię siostry. Beck, który zdawał sobie sprawę, że w ten sposób można tylko stracić resztkę sił, w końcu zdołał go uspokoić i przekonać, że najprawdopodobniej morze wyrzuciło jego siostrę gdzieś dalej.

– My żyjemy, więc nie ma powodu przypuszczać, że ona nie – argumentował, próbując za wszelką cenę podnieść Marca na duchu. Żałował, że nie ma z nimi Ringo, ale od kiedy niesiona falami tratwa zaczęła pędzić w stronę brzegu, papuga zniknęła. Na szczęście wciąż mieli maczetę, która spoczywała bezpiecznie w pochwie przytroczonej do pasa Becka.

Na tle granatowego nieba nad cyplem zaczęło wschodzić słońce. Postrzępione resztki chmur burzowych z poprzedniego dnia rozciągały się nad horyzontem jak rozwieszone na sznurku pranie. Na białym piasku leżały szczątki „Bella Señory". Fale raz po raz podrzucały złamany maszt i drewniane belki. Kawałek dalej opadł na plażę podarty żagiel, który przypominał teraz nasiąkniętą wodą szmatę.

Beck potrząsnął głową. Przez zamknięte powieki czuł, że coś świeci mu prosto w twarz. Snop ostrego światła, przywodzą-

cy na myśl lekarską latarkę. Zamrugał poirytowany, jakby do oka wpadł mu jakiś py-
łek, i jęknął. Za chwilę pewnie poczuje ból
głowy, który w ciągu dnia będzie się jeszcze
nasilał. Przełknął ślinę. Zaschło mu w gardle, a przecież ledwo co zaczął się poranek.

Znów coś mu zaświeciło prosto w oczy.
I jeszcze raz.

Osłaniając oczy ręką, spojrzał w kierunku morza i cypla, którego wielki wykrzy-
wiony palec zamykał zatokę. Działo się coś
dziwnego. Marco już nie spał; biegał teraz
i skakał po całej plaży, jakby grał na niej
w rugby. Wydawało się, że próbuje złapać
tańczący promień, który wyraźnie błyskał
od strony cypla.

Światło znikało i zaraz ponownie się
pojawiało. Była w tym pewna regularność.
Błyski następowały w seriach po trzy: krótkie, długie i znowu krótkie. Teraz Beck nie
miał już wątpliwości. Alfabet Morse'a. SOS.
Międzynarodowy sygnał wzywania pomocy.

Gdzieś na skalistym cyplu znajdował się zaginiony członek załogi „Bella Señory", który próbował się z nimi skontaktować.

* * *

– Zrobiłam, jak mówiłeś, Beck – oświadczyła Christina, kiedy parę godzin później cała trójka siedziała znowu razem. Marco nie krył radości, a jego siostra ocierała łzy szczęścia. – Pamiętam tylko, że potężna fala porwała mnie i wrzuciła do wody. Nie walczyłam i dałam się nieść prądowi. Chyba mnie zniosło do sąsiedniej zatoki. W pewnym momencie poczułam piasek pod stopami i znalazłam się na plaży.

Urwała na chwilę, po czym mówiła dalej:

– Nigdzie nie widziałam tratwy i modliłam się, żeby was wyrzuciło w innej zatoce. Kiedy się zrobiło jasno, wdrapałam się na cypel i dostrzegłam szczątki tratwy. Domyśliłam się, że musicie być gdzieś w pobliżu. Potem przypomniało mi się lusterko. Zupełnie mi to wyleciało z głowy. Zawsze je noszę w kieszeni, w maleńkiej kosmetyczce, bo czasem bardzo się przydaje na różnych imprezach. Aż nie mogłam uwierzyć, że nic mu się nie stało i nadal jest w jednym kawałku.

Morze zupełnie się już uspokoiło i znów było niemal idealnie płaskie. Na płyciźnie nieopodal miało kolor soku z limonki, a delikatnie zmarszczona powierzchnia wody rzucała na piaszczyste dno cienie przypominające chmury w letni dzień.

– Wygląda dokładnie jak w tych wakacyjnych folderach mamy – zauważyła Christina. – Ale jakoś nie czuję się jak na wakacjach. Raj przestaje być rajem, kiedy się dopiero co przeżyło katastrofę morską.

Rozejrzała się, a potem zapytała:

– Słuchajcie, a gdzie jest Ringo? Widzieliście go? Chyba udało mu się dolecieć do lądu?

Chłopcy pokręcili przecząco głowami, a Beck próbował ją pocieszać, że papuga lada chwila się odnajdzie.

Dopiero teraz zaczęło do niego docierać, w jakim położeniu się znaleźli.

– Musimy się stąd zmywać – powiedział stanowczo. – Inaczej się tu usmażymy i padniemy z głodu, a wujka Ala i waszego taty nigdy już nie zobaczymy.

Christina wskazała ręką w stronę cypla, za którym zaczynała się dżungla wspinająca się ku górom. Plaża była upstrzona wielkimi głazami, gładkimi i niemal idealnie okrągłymi, jak olbrzymie kule armatnie, które stoczyły się tu z niedalekiego urwiska. Wyglądało to tak, jakby po grze w boule porzucili je na brzegu jacyś olbrzymi.

– Tam wyżej jest kilka jaskiń – powiedziała. – Spałam w jednej z nich.

– Świetnie – odparł Beck. – Jeśli urządzimy tam sobie obóz, w nocy będzie nam ciepło i sucho, zwłaszcza gdyby znów padał deszcz. Z budowaniem schronienia można poczekać do czasu, kiedy się znajdziemy w dżungli. Musimy tylko rozpalić ogień i znaleźć wodę. Z jedzeniem na pewno nie będzie problemów. – Wskazał na skalisty cypel. – Trzeba przecież w końcu wykorzystać to...

Sięgnął do kieszeni spodni i wyjął mokrą szmatkę – maleńki kawałek tego, co kiedyś było dumnym żaglem „Bella Señory". Rozwinął ostrożnie zawiniątko i ujął w palce dwa drobne przedmioty, które wyglądały jak odwrócone znaki zapytania. W słońcu zalśniły zaostrzone końce kolczyków Christiny.

– Ale najpierw musimy się czegoś napić. I to szybko.

Beck przejechał ręką po spękanej, szarej korze rosnącego obok drzewa, które wyginało się zgrabnie ku niebu niczym trąba słonia.

– Orzechy kokosowe – powiedział. – Dar niebios dla rozbitka. Są w nich witaminy, minerały i tak dalej. Trzeba tylko uważać, żeby pić z niedojrzałych. Bo jeśli wypijecie za dużo mleka z dojrzałych, dostaniecie biegunki i jeszcze bardziej się odwodnicie.

Ze wszystkich orzechów można natomiast jeść miąższ.

Beck chwycił dłońmi pień, splatając za nim palce, i objął go mocno udami jak małpa. Potem szybkimi, energicznymi ruchami zaczął się wciągać do góry, podtrzymując cały ciężar ciała nogami.

– Nauczyłem się tej sztuczki od leniwców na Borneo – zawołał do towarzyszy. – Poruszają się trochę bardziej niemrawo ode mnie, ale sama metoda wspinaczki jest znakomita. Tylko trochę nieprzyjemna dla klejnotów rodowych.

Marco parsknął śmiechem i rzucił okiem na siostrę. Ta podniosła wzrok do nieba, udając, że niczego nie słyszała.

– Nie wiem, co wam tam na dole chodzi po głowach, ale teraz lepiej uważajcie – powiedział Beck. Pięć wielkich orzechów kokosowych wylądowało ciężko na ziemi koło bliźniąt, a Beck szybko zsunął się z powrotem po pniu. Maczetą rozrąbał twardą łupinę jednego orzecha. Napili się chłodnego płynu, potem rozłupali jeszcze dwa orzechy, wypili mleko także z nich, po czym zabrali się do delikatnego miąższu pokrywającego od środka łupiny, które Beck pociął wcześniej na mniejsze kawałki.

Zanim się wzięli za szukanie schronienia na noc, minęło już południe. Tak jak mówiła Christina, po wielkich głazach, które oderwały się od skalnego urwiska i stoczyły na plażę, pozostały spore jamy.

– Musimy rozpalić ognisko – powiedział Beck. – A to oznacza, że najpierw trzeba zebrać materiał na hubkę i rozpałkę. Chrissy, poszukasz czegoś na hubkę? To mogą być uschnięte paprocie, trawa, nawet grzyby. Ważne, żeby były suche jak pieprz i dawały się łatwo pokruszyć w ręce. Najlepiej szukaj w pęknięciach między gałęziami.

Obrócił się do Marca.

– A ty przygotuj rozpałkę. Patyczki i drobne gałązki, które można połamać na kawałki. Szukaj uschniętych gałęzi, ale takich, które zwisają z drzew i nie spadły jeszcze na ziemię. Po deszczu wszystko, co leży na ziemi, na pewno będzie mokre. Ja się zajmę większymi kawałkami drewna, które będziemy potem dokładać do ogniska.

Godzinę później zebrali się razem w jaskini, którą wybrali na tymczasowe schronienie. Christina przyniosła trochę suchej trawy i uschniętą hubę, którą oderwała od pnia palmy. Beck zaraz zabrał się do przygotowywania ogniska tuż u wylotu jaskini.

– Mamy szczęście. Wczoraj, w czasie sztormu, byłoby to dużo trudniejsze. – Oczyścił fragment skały i uformował na nim krąg z kamieni pozbieranych w pobliżu. Potem ułożył hubkę, rozpałkę i opał w trzech kupkach, tak by każdą z nich mieć w zasięgu ręki.

– Chyba o czymś zapomniałeś – powiedziała Christina, kiedy Beck podniósł się i popatrzył z dumą na swe dzieło. – Nie mamy zapałek.

– Nie, ale mam to. – Sięgnął pod koszulkę i zdjął z szyi grubą sznurówkę, na której wisiały dwa metalowe przedmioty. Christina spojrzała na nie zaciekawiona. Jeden wyglądał jak krótki pręt, drugi zaś przypominał trochę tępą brzytwę.

– To jest krzesiwo – wyjaśnił Beck. – Wszędzie je ze sobą zabieram. Jest zrobione głównie z magnezu. Wystarczy uderzyć ten pręt iskrownikiem i powstają iskry. Od nich przy odrobinie wprawy można rozpalić ognisko. Zapałki, kiedy zmokną, i tak się do niczego nie nadają. A krzesiwo przetrwa całe wieki.

Wziął z kupki trochę suchej trawy i uformował z niej kulkę wielkości piłki tenisowej. Potem patyczkiem zrobił w niej zagłębienie. Wprawnym ruchem ręki kilka razy uderzył metalowym iskrownikiem o krzesiwo magnezowe, z którego do środka kulki posypały się iskry.

Z cichym „łump" źdźbła trawy zajęły się ogniem. Zaraz potem trzasnęła zeschła łodyga i płomień wyraźnie się powiększył. Beck przykrył teraz płonącą kulkę namiotem z gałązek pozbieranych przez Marca. Po chwili i one już się paliły, a bliźnięta zaczęły dokładać coraz grubsze patyczki.

– Uważajcie – ostrzegł Beck. – Ogień potrzebuje powietrza. Jeśli go przydusicie, wszystko trzeba będzie zaczynać od początku. Nie ma się co śpieszyć.

Bliźnięta odsunęły się, a Beck zaczął ostrożnie dmuchać na palące się drewienka. Wkrótce zajęła się piramida ułożona z grubszych patyków.

Dookoła ogniska zrobiło się wyraźnie cieplej, a na twarzach Marca i Christiny pojawił się uśmiech.

– Doskonale – powiedział Beck. – Mam ochotę na potrawkę z owoców morza i kokosów. Są chętni do pomocy?

Marco i Christina poszli zbierać opał na ognisko, Beck zaś zszedł na skalisty cypel i szybko napełnił sobie kieszenie jadalnymi ślimakami, zwanymi czareczkami. Cała sztuka polegała na tym, by energicznym kopnięciem oderwać je od skały, zanim wyczują zagrożenie i przywrą do niej z siłą superkleju. Potem zaczął cicho i ostrożnie myszkować pośród jeziorek wody uwięzionej między skałami przez odpływ, wypatrując szamoczących się w nich krabów i ryb.

Słońce już zachodziło, gdy godzinę później wrócił do jaskini. Marco i Christina uśmiechali się, siedząc zadowoleni przy ognisku, pod którym zebrała się już spora kupka żaru. Migoczące płomienie rzucały osobliwe cienie na skalną ścianę w głębi.

Beck z dumą pokazał im swoją zdobycz. W ręku trzymał za brązowy pancerz wielkiego kraba, który bezradnie przebierał w powietrzu potężnymi szczypcami. Podsunął się bliżej i nagle machnął nim tuż przed oczami Christiny.

– *No, Inglés!* Zostaw mnie, Angliku! – krzyknęła przestraszona, a Marco o mało się nie przewrócił ze śmiechu. – Za karę nie dostaniesz wody.

Beck popatrzył na ognisko i dopiero teraz zauważył parę unoszącą się z leżącej na nim cynowej puszki, którą po raz ostatni widział na pokładzie „Bella Señory", wypełnioną rybimi wnętrznościami.

– Znalazłem ją na plaży – pochwalił się Marco. – I wiesz co?

– Pewnie znaleźliście wujka Ala i waszego tatę. Siedzieli pod palmami i popijali koktajle?

– To nie jest śmieszne, Beck – powiedziała Christina. – Oni na pewno nie będą dziś jeść na kolację kraba i kokosów, gdziekolwiek się znajdują.

Beck zorientował się, że mocno ją zdenerwował swoim żartem i wymamrotał przeprosiny.

Christina nic nie odpowiedziała, z trudem powstrzymując łzy. Aż nagle na jej twarz powrócił uśmiech.

– W pniu zbutwiałego drzewa znalazłam chyba ze dwa litry deszczówki. Udało nam się ją wybrać tą puszką.

– Brawo – powiedział Beck z aprobatą w głosie.

Odwrócił się i cicho westchnął. Na razie kryzys został zażegnany. Przeżycie zależało w równej mierze od tego, czy sobie poradzą z żywiołami, jak i od tego, co się działo w ich głowach i sercach. Pierwszym krokiem było opanowanie emocji. Beck wiedział, że musi ich podnosić na duchu i ciągle przypominać, że nagrodą za te wysiłki będzie odnalezienie ich ojca i wujka Ala.

Nie minęło wiele czasu, gdy na rozgrzanym kamieniu zaskwierczały ciemne, gumowate czareczki. Beck wziął teraz kraba i powoli zaczął go wkładać do puszki z wrzącą wodą, nie zważając na jego rozpaczliwe wymachiwanie szczypcami. Po tym, co przeszli na morzu, pierwszy gorący posiłek od dwóch dni wydał im się najsmaczniejszym jedzeniem, jakie kiedykolwiek mieli w ustach.

Na niebie pojawiły się gwiazdy, ognisko nieco przygasło, a bliźnięta przytuliły się do siebie pod ścianą niewielkiej jaskini. Beck leżał obok i rozmyślał, planował, aż i jego w końcu zmorzył sen.

* * *

Obudził się raptownie. Ognisko już niemal zgasło i poczuł zimne ciarki na plecach. Usiadł i lustrował oczami linię plaży, czekając, aż oczy przyzwyczają się do ciemności. Było cicho, wszystko wydawało się normalne, mimo to czuł, że coś jest nie tak. Nagle usłyszał jakiś dźwięk. Delikatne kroki na piasku u podnóża urwiska, tam, gdzie zaczynała się plaża.

Serce zabiło mu szybciej w piersi, a oczy gorączkowo przeczesywały ciemność, od lewej do prawej i z powrotem. Bliźnięta nadal smacznie spały tuż obok niego. Beck powoli wstał. Ledwo oddychając, ruszył bezszelestnie w kierunku, z którego dobiegł go odgłos kroków. Skręcając za skałą u wylotu jaskini, przystanął i znów jął nasłuchiwać. Ciszę przerywał tylko odległy szum fal rozbijających się o brzeg.

Spojrzał w dół. W świetle księżyca dostrzegł wyraźne ślady stóp prowadzące od jaskini gdzieś w dół. Uważając, by nie zdradzić się żadnym dźwiękiem, poszedł za nimi wzdłuż cypla i dalej na plażę, aż do miejsca, gdzie stykały się z nią zarośla dżungli.

W atramentowej czerni żarzyły się tylko maleńkie ogniki świetlików. Nagle jego oczy napotkały w ciemności dwa okrągłe, lśniące punkty, od których odbijał się blask księżyca. W jednej chwili Beck znalazł się z powrotem na placu przed hotelem Casa Blanca w Cartagenie, w tłumie uczestników karnawału.

Patrzył prosto w oczy Indianina.

ROZDZIAŁ DWUNASTY

– Co widziałeś? – dopytywał się Marco, gdy rano zbili się ciasno wokół ogniska. Beck na powrót je rozpalił, dmuchając delikatnie w żar, aż niespalone kawałki drewna znów zajęły się ogniem. Dziubali w resztkach wczorajszej kolacji, a w cynowej puszce bulgotała niezbyt apetyczna z wyglądu zupa z rozcieńczonego wodą mleka kokosowego.

Beck nadal siedział pogrążony w myślach, odtwarzając wypadki minionej nocy. W momencie, gdy dojrzał oczy Indianina Kogi, natychmiast rzucił się instynktownie za najbliższe krzaki. A kiedy po chwili wyjrzał zza nich ostrożnie, po nieznajomym nie było już śladu. Beck wrócił do jaskini, czując, jak wali mu serce. Do rana nie zmrużył już oka i przyglądał się gwiazdom, podczas gdy bliźnięta spały w najlepsze. Nie było po co ich budzić. Tropienie Indianina przed wschodem słońca nie miało najmniejszego sensu, a trochę odpoczynku dobrze im zrobi.

– Pewnie myślicie, że znów mi się coś przywidziało – powiedział. – Jak wtedy w tłumie przed hotelem. Nie przywidziało mi się. Ani wtedy, ani wczoraj w nocy. I tym razem mogę to udowodnić.

– Beckowi się to nie śniło – potwierdziła Christina, która chwilę wcześniej wróciła z plaży i siedziała teraz razem z nimi. – Widziałam ślady i poszłam za nimi do miejsca, gdzie Beck się zatrzymał, a te drugie zniknęły dalej w dżungli. Ktoś nas wczoraj obserwował. Ktoś żywy, a nie senna zjawa.

Poranna mgła wciąż wisiała w powietrzu, gdy Beck zaprowadził bliźnięta do miejsca, gdzie ukrył się przed Indianinem. Zostawił ich tam, ale zaraz wrócił po krótkich poszukiwaniach w dżungli.

– Kiedy go zobaczyłem, stał tam – wskazał. – Łatwo poznać po śladach, bo są głębsze i bardziej rozmazane.

Beckowi przypomnieli się Buszmeni San z pustyni Kalahari w południowej Afryce. Ojciec mieszkał u nich przez pewien czas w ramach specjalnej misji Jednostki Zielonej i Beck poznał wówczas tajniki tropienia dzikich zwierząt. Buszmeni nauczyli go czytać ziemię jak otwartą księgę.

Idąc za śladami stóp wiodącymi w głąb dżungli, Beck nagle stanął jak wryty. Trop niespodziewanie skręcał z powrotem w kierunku plaży. Beck zadrżał. Przez cały czas, kiedy ze swej kryjówki w krzakach obserwował dżunglę, Indianin najwyraźniej przyglądał mu się z tyłu.

– Może to wszystko ma jakiś sens – mruknął, przesuwając wzrokiem po linii palm nad zatoką, za którymi znikały ślady. – Jeśli Gonzalo wylądował na tej plaży, jak to wynika z mapy, to tutaj zapewne spotkał

Indian Kogi. A oni muszą wiedzieć, gdzie się znajduje Zaginione Miasto. Najwyższa pora to sprawdzić.

Beck poprowadził rodzeństwo skrajem plaży, gdzie trop szybko zniknął w sypkim piasku. Mniej więcej po pół godzinie dotarli do przeciwległego krańca zatoki. Kiedy się obejrzeli, z trudem dostrzegli jaskinię, w której spędzili noc.

Palmy przerzedziły się, a piasek ustąpił miejsca wysokiej trawie, za którą ciągnęły się bagna namorzynowe. Nad głowami słyszeli przelatujące pelikany. Wyszli na ścieżkę prowadzącą od morza w stronę gór i znów zobaczyli wyraźny trop. Przyglądając się śladom odciśniętym w miękkiej glinie, Beck zorientował się, że ze ścieżki regularnie korzystają ludzie.

W oddali, gdzie zaczynały się porośnięte dżunglą góry, nad jej bujną zielenią, unosiły się smużki dymu. Beck dostrzegł też ciemne zarysy kręgu dachów. Podążając ścieżką przez wysoką trawę, doszli na skraj namorzynowego bagna. Stąd do wioski prowadziła przez nie wąska grobla. Nagle z zagajnika nieopodal chat usłyszeli znajome skrzeczenie.

– Ringo! – zawołała Christina, gdy odruchowo przykucnęli w trawie. – To Ringo. Wszędzie bym poznała jego głos. Całe szczęście, że nic mu się nie stało.

– Poczekajcie tu – polecił Beck. – Będzie lepiej, jeśli dalej pójdzie tylko jedna osoba. Jeżeli się nie zjawię w ciągu godziny, wracajcie do jaskini i tam na mnie czekajcie. Musimy się dowiedzieć, czy Kogi są naszymi przyjaciółmi czy wrogami.

Christina i Marco odprowadzali go niespokojnymi spojrzeniami, gdy ruszył dalej ścieżką, nasłuchując przy każdym zakręcie, czy z przeciwnej strony ktoś nie nadchodzi.

Zbliżając się do wioski, mógł w końcu przyjrzeć się dokładniej poszczególnym zabudowaniom. Na przeciwległych krańcach polany, pośrodku trzech kręgów chat, stały dwie większe budowle, o bardziej wyszukanych dachach. Kiedy dotarł do zagajnika sąsiadującego z wioską, przykucnął w zaroślach i zaczął lustrować wzrokiem przerwę pomiędzy chatami, w której znikała ścieżka. Ringo znów gdzieś przepadł.

Nad chatami nadal unosiły się delikatne smużki dymu, ale z polany nie dobiegały żadne dźwięki. Beck słyszał tylko łomot własnego serca. Wyszedł spośród drzew, trzymając dłoń na rękojeści maczety zawieszonej u pasa, i ruszył śmiało krótkim przejściem pomiędzy chatami.

Nieruchome powietrze pachniało gotowaną strawą, a w ogniskach tliły się grube polana, nad którymi wisiały kociołki. Na ziemi przed jedną z chat leżał skórzany sandał, a obok niego talerz z palmowych liści. Nie było jednak widać żadnego człowieka.

Beck obszedł powoli wioskę, czując, jak jeżą mu się włosy na głowie. Słońce stało już wysoko na niebie i musiał mrużyć oczy, by dojrzeć cokolwiek w mrocznych wnętrzach chat. Nagle wydał stłumiony okrzyk i cofnął się na polanę, a serce zabiło mu gwałtownie w piersi. Z ciemności patrzyły na niego cztery pary oczu, błyszczące jak gwiazdy na nocnym niebie.

Wtedy usłyszał za sobą jakiś ruch i odwrócił się gwałtownie. Stał przed nim Indianin, którego po raz pierwszy zobaczył tamtej pamiętnej karnawałowej nocy w Cartagenie. Znajome przenikliwe oczy znajdowały się teraz ledwo kilka metrów od niego i znów go świdrowały. Beck przełknął z trudem ślinę i usiłował coś powiedzieć. Ale nie był w stanie. Zaschło mu w ustach. Indianin nie poruszał się.

– Przyszedłem... żeby... odnaleźć... – w końcu zdołał coś wymamrotać, z wysiłkiem wypowiadając każde słowo.

Urwał, wziął głęboki oddech i zaczął już składniej:

– Moi przyjaciele i ja rozbiliśmy się na plaży niedaleko stąd. Nie mamy jedzenia ani wody. Nie chcemy nikomu zrobić krzywdy.

W tym momencie uświadomił sobie, że cały czas ściska kurczowo maczetę. Powoli odłożył ją na ziemię i uniósł dłoń w geście pokoju. Indianin nadal się nie poruszał, ale ani na ułamek sekundy nie spuszczał z niego wzroku.

Beck czuł, jak od prażącego słońca kręci mu się w głowie. Część umysłu podpowiadała mu, żeby uciekać. Natychmiast, jak najszybciej i jak najdalej. Ale nogi miał jak z ołowiu. Nagle Indianin przemówił. Na jego twarzy nie drgnął żaden mięsień, a wargi miał nieruchome. Mimo to jego słowa wyraźnie dźwięczały w głowie Becka.

– Nazywam się Mama Kojek – mówił. – Należę do starszyzny Indian Kogi. To jest nasz dom. Jeśli cię tu nie chcemy widzieć, jesteś intruzem.

Beck otworzył usta, by coś odpowiedzieć, ale znów nie był w stanie wydobyć z siebie ani jednego słowa.

– Chodź – powiedział Mama Kojek. – Młodszy Brat musi się o nas czegoś dowiedzieć.

Na polance zebrała się tymczasem spora gromadka mieszkańców wioski. Stali całymi rodzinami, dzieci z przodu, za nimi rodzice, jak gdyby spodziewali się gościa i wyszli mu się teraz pokazać. Mieli kruczoczarne włosy i oliwkowe twarze o wystających kościach policzkowych. Patrzyli nieporuszeni, ani się nie uśmiechając, ani nie marszcząc brwi. Nie było w tym ani sympatii, ani wrogości.

Z większej chaty na przeciwległym końcu polany wyszło kilku starszych mężczyzn. Oni także mieli na sobie białe tuniki Indian Kogi i spiczaste nakrycia głowy przypominające dachy ich chat kryte palmowymi liśćmi. Mama Kojek poprowadził Becka w tamtą stronę. Mężczyźni rozstąpili się, by ich przepuścić i weszli za nimi do chaty.

Nagłe przejście z zalanej słońcem polany do ciemnej chaty sprawiło, że Beck na moment oślepł. Zanim oczy przyzwyczaiły się do półmroku, zdążył już usiąść po turecku w jej wnętrzu. Chata składała się z czterech pomieszczeń, a pośrodku każdego płonęło ognisko doglądane przez Mamę, czyli szamana Kogi.

– Młodszy Bracie – Mama Kojek znów przemówił, nie poruszając wargami – przybyłeś tu nieproszony. Mimo to witamy cię w naszym domu. My, Kogi, jesteśmy Starszym Bratem, strażnikami Ziemi. Naszym zadaniem jest strzec gór, pośród których żyjemy. Gdyby nie święci Mamowie, nie tylko te góry, ale i cały świat przestałby istnieć.

Mama Kojek zamilkł na chwilę, po czym kontynuował:

– Za pierwszym razem, gdy zjawił się tu Młodszy Brat, zabił naszych ludzi i spalił nasze domy. Wasz przywódca znalazł nasze święte miasto w dżungli i zabrał życiodajną krew Matki. Wkrótce potem opuściliśmy miasto. Kiedy Młodszy Brat powrócił, nie umiał już trafić do miasta i zemścił się za to straszliwie.

Szaman pochylił się do przodu.

– Młodszy Bracie, nic nie jest takie, jak ci się wydaje. – Uniósł powoli palec i wskazał nim dach nad głową, a potem opuścił rękę w kierunku ziemi. – Dla nas istnieje wiele światów. Zarówno nad nami, jak i pod nami. Wewnątrz i na zewnątrz. Ty widzisz tylko jeden, a my – wiele. Sam wierzysz, że już mnie kiedyś spotkałeś. To prawda. Ale tylko w świecie Aluny. Tylko w świecie duchów, którym jest Aluna.

Beckowi zakręciło się w głowie. Co miały znaczyć te słowa? Mama Kojek mówi, że spotkał go w innym świecie, ale przecież na własne oczy widział go na placu w Cartagenie. A w ogóle, to gdzie się znajduje ten inny, magiczny świat Aluny?

Mama Kojek znów się odezwał.

– Przez to, co uczynił Młodszy Brat, świat umiera. Nasze święte miasto od stuleci zarasta dżungla. Dla ciebie to jest miasto zaginione, dla nas – uśpione. Skradziono nam skarb. Musisz oddać Matce to, co skradli jej twoi przodkowie. Tylko Młodszy Brat może to zwrócić na miejsca, z którego zostało zabrane.

Mama Kojek stał teraz z wyciągniętymi rękoma, a jego tunika lśniła w blasku słońca wpadającym przez drzwi chaty.

– Młodszy Bracie, skarb, który nazywasz złotem, to krew Matki. Bez niej Matka umrze. Najpierw w świecie Aluny, a potem w świecie ciała i krwi. Wieczne śniegi na szczytach naszych gór topnieją. Wkrótce wyschną rzeki i zginą ludzie. Starszy Brat nie może już dłużej ratować świata, jeśli Młodszy Brat nie powstrzyma krwawienia Matki.

Beck wpatrywał się w oczy Mamy Kojka. Nic już nie wydawało mu się rzeczywiste.

Wioska, chata, Kogi – miał wrażenie, że to wszystko jest tylko snem. Wsunął rękę pod koszulę i chwycił wiszący na szyi złoty amulet. Od kiedy znalazł ropuchę w schowku Gonzala, nosił ją jak talizman.

Teraz powoli przysunął jej rozwarty pysk do ust. I dmuchnął.

ROZDZIAŁ TRZYNASTY

Znalazł się z powrotem na plaży. Stał tam ze wzrokiem utkwionym daleko w morze. Chata, Indianie Kogi i Mama Kojek – wszystko zniknęło. Zmieniło się też coś w nim samym. Oczywiście ciągle był sobą, Beckiem Grangerem, który po prostu stał w tym miejscu zajęty swoimi myślami, ale jednocześnie wszedł w inny świat.

Jego wzrok nerwowo śledził linię horyzontu. Zaledwie kilkaset metrów od brzegu, w miejscu powstawania fal, Beck zobaczył coś, czego jeszcze nigdy w życiu nie widział może poza rycinami w książkach do historii: dwa hiszpańskie galeony zacumowane w zatoce, których flagi trzepotały w powiewach morskiej bryzy.

Przez moment nie mógł oderwać od nich wzroku. Nie mógł się w ogóle poruszyć ani uwierzyć w to, co właśnie widzi. Coś jeszcze przykuło teraz jego spojrzenie: z pokładów statków spuszczano właśnie na wodę łodzie wiosłowe. Beck usłyszał dobiegające stamtąd, przebijające się przez huk fal, szorstkie pokrzykiwania załogi i głos mężczyzn wołających z łodzi do tych, którzy pozostali na statku, podczas gdy łańcuchami spuszczano w dół zapasy. Po obu stronach łodzi, to wynurzających się, to znów znikających wśród fal, pojawiły się wiosła.

Po chwili powoli i ostrożnie rozpoczęto spuszczanie jeszcze cenniejszego ładunku. Były to długie, cienkie przedmioty. Każdy z nich wypełniano z jednej strony proszkiem ze skórzanej sakwy, który następnie ubijano długim kijem. Beck z przerażeniem zdał sobie sprawę z tego, co się naprawdę dzieje.

Dzioby łodzi, zwróconych teraz w stronę plaży, coraz szybciej zbliżały się w jego kierunku. Beck usłyszał, jak znajdujący się na tyłach pierwszej łodzi mężczyzna, który z pewnością był dowódcą, wykrzykuje rozkazy. Siedział spokojnie wśród pracujących wioślarzy, kierując wzrok ku górom wznoszącym się za plażą.

Na kolanach leżał mu pergamin. Badawcze spojrzenie dowódcy przenosiło się teraz z jednej strony na drugą. Gdy tylko łodzie podpłynęły bliżej, Beck mógł lepiej zobaczyć jego twarz. Zszokowany cofnął się z przerażeniem. Tego profilu z długim cienkim nosem nie można było z nikim pomylić.

Nagle usłyszał wołanie. Mężczyźni siedzący w pierwszej łodzi wskazywali w jego stronę. Nie wyglądali raczej na takich, z którymi można by się zakumplować. W słońcu złowrogo zalśniła stal, a wioślarze podwoili swoje wysiłki i zwrócili łodzie bezpośrednio w kierunku miejsca, gdzie stał chłopiec.

Wtedy Beck poczuł, jak nogi same niosą go pędem przez plażę i dalej ścieżką

wiodącą przez namorzynowe bagna do wioski. Zobaczył wieśniaków stojących przed
chatami i nerwowo wyczekujących jego po-
wrotu. Biel ich długich tunik lśniła w rozpa-
lonym słońcu, a twarze raz po raz zwracały
się niespokojnie w jego stronę. Z wioski dały
się słyszeć pokrzykiwania mężczyzn, a na po-
lanie zaczęły się gromadzić kobiety i dzieci.
Beck usłyszał wrzaski maluchów lgnących do
swoich matek. W całym tym zgiełku wyraźnie było słychać płacz niemowlęcia.

Wkrótce całe zbiegowisko zaczęła ogar-
niać panika. Kobiety z dziećmi rzuciły się
biegiem z polany w kierunku bezpiecznej
dżungli i gór. Mężczyźni z dzidami w dłoniach rozproszyli się wzdłuż ścieżki za wej-
ściem do wioski, czając się między drzewami poza linią namorzynowego bagna.

W końcu zapanowała pełna napięcia cisza. Beck przyklęknął w krzakach koło ścieżki. I wtedy zobaczył coś, czego najbardziej
się obawiał. Sam dowódca podążał ścieżką

do wioski. Jego broda była w jeszcze większym nieładzie niż na portrecie, a spojrzenie jeszcze bardziej okrutne, ale Beck był absolutnie pewien, z kim ma do czynienia.

Kiedy spróbował wstać, poczuł słabość w kolanach. Teraz widział już wszystko wyraźnie, każdą najmniejszą zmianę wyrazu twarzy mężczyzny. Wioślarze stali w szyku za swoim dowódcą, od prawej do lewej nerwowo obserwując okolicę. Po chwili wzrok mężczyzny napotkał jego spojrzenie. Beck zamarł w bezruchu. Teraz nie miał już żadnej wątpliwości – patrzył prosto w oczy przodka Marca i Christiny, sławnego konkwistadora Don Gonzala de Castillo.

Przez moment wszyscy znieruchomieli. Beck poczuł, że ma gorące uszy i zdał sobie sprawę z tego, że słyszy wyraźnie, w najmniejszym szczególe, każdy dźwięk: ciężki oddech żeglarzy, brzęk łańcucha obijającego się o metal... Z tyłu, w lesie, krzyk kolibra zabrzmiał jak operowa aria. Z przodu zaś, wśród białych kwiatów namorzynowego bagna, śmigał maleńki ptak o żółtych skrzydłach i zakrzywionym dziobie.

Gonzalo podniósł rękę, dłonią w kierunku Becka, jakby dając znak pokoju. W odpowiedzi wieśniacy zaczęli powoli wychodzić spomiędzy drzew, z dzidami skierowanymi ku niebu, a nie w kierunku Gonzala i jego ludzi. Nagle coś przeleciało z błyskiem, huknęło i uniosła się chmura dymu. Odgłosy dżungli utonęły w huku i ludzkich krzykach. Gonzalo zwrócił się do swoich ludzi, mówiąc coś z wściekłością, ale i jego słowa zginęły w ogólnym zgiełku. Beck poczuł okropny ból w lewym ramieniu, coś jak uderzenie młotem. Zwinął się i upadł na kolana.

Wokół zapanował kompletny chaos. Lufy muszkietów błyskały co parę sekund, a Gonzalo i jego ludzie raz po raz znikali za obłokami dymu. Ktoś ciągnął go teraz ścieżką w kierunku wioski. Zranione ramię zupełnie mu zdrętwiało i poczuł, jak krew sączy się przez palce dłoni, którą próbował zakryć ranę. Byli już między palmami przy wejściu do wioski, kiedy podtrzymujące go ramiona zwiotczały i na ziemię obok upadł jeden z Indian. Kogi miał zamknięte oczy, a głowa opadła mu bezwiednie na pierś.

Beck doczołgał się do pobliskiego drzewa i usiadł oparty o pień, oddychając z wysiłkiem. Obok leżało na ziemi kilku wieśniaków, a na ich białych tunikach rozkwitały jasnoczerwone plamy krwi. Jakaś kobieta szarpała za rękę bezwładne dziecko, podczas gdy inni starali się odciągnąć ją w kierunku lasu.

Beckowi zakręciło się w głowie i na pewien czas zupełnie stracił świadomość tego, co się dzieje wokół. Kiedy odzyskał przytomność, zobaczył ludzi Gonzala biegnących do wioski. Nad palmowymi liśćmi dachów unosiły się płomienie, a kłęby gryzącego dymu rozwiewały się ku niebu.

I znów Beck poczuł, jak ciągną go po ziemi, ale tym razem byli to ludzie Gonzala, którzy krzyczeli przy tym, bluzgali przekleństwami i spluwali na boki. Ramię bolało go, jakby ktoś dźgał je nożem. Nagle, bez zbędnych uprzejmości, rzucono go na ziemię pośrodku polany. Beck z przerażeniem patrzył, jak Gonzalo przechadza się po płonącej wiosce, a jeden z jego ludzi wskazuje właśnie na miejsce, gdzie leży.

Teraz Gonzalo stał już nad nim, patrząc mu prosto w oczy. Beck widział wyraźnie każdy rys twarzy konkwistadora. Portret w sali balowej hotelu Casa Blanca, posąg na placu i portret w hacjendzie bardzo dobrze oddawały podobieństwo, ale było też coś, co wszystkie pominęły: szlachetność rysów ustąpiła miejsca okrucieństwu, które wykrzywiło usta Gonzala i przyciemniło jego spojrzenie.

Przyklęknął obok chłopca, ściskając coś w dłoni. Gdy podniósł rękę, w słońcu błysnął złoty łańcuch. Beck miał teraz przed oczami znajomy amulet w kształcie ropuchy z wyłupiastymi oczami, wydętym brzuchem i rozwartym pyskiem.

Przez moment Gonzalo machał nim nad twarzą Becka. Potem przysunął się bliżej i wyszeptał mu wprost do ucha:

– *Perdido no más.*

ROZDZIAŁ CZTERNASTY

Beck na przemian budził się i tracił świadomość. Po podróży, jaką odbył w świat Aluny, przytłumione śpiewy Mamów uspokoiły trochę jego niedobre sny, a powolne, rytmiczne bicie bębna wyciszyło głośno walące serce. Teraz odległy szmer głosów znów utonął w ciszy.

Pod zamkniętymi powiekami Beck mógł ledwie dostrzec poranne światło. Poczuł też świeży zapach budzącego się dnia, usłyszał przecinające ciszę pianie koguta i zdał sobie sprawę z tego, że woła go znajomy głos. Przez kilka cudownych chwil myślał, że znalazł się znów w domu, na farmie wuja Ala, na wsi, i to ciocia Kathy woła go na śniadanie. Wydawało mu się nawet, że czuje zapach smażonego bekonu i świeżo upieczonego chleba.

Ale już ktoś nim potrząsał i delikatnie klepał w policzek. Beck usiadł wystraszony.

– *Buenos días*, señor Granger – powiedział głos. – Wyspałeś się?

To była Christina. Beck przetarł oczy i rozejrzał się. Zauważył, że przez otwór wejściowy do chaty wpadało światło słoneczne, ale od zeszłego wieczoru wszystko się zmieniło. Mamowie odeszli i był sam z Christiną. W garnku nad ogniem bulgotało coś, co wyglądało na wodnistą owsiankę.

Dziewczyna podała mu miskę pełną parującego kleiku.

– Smaczne – powiedziała bez przekonania. – A może nie...

– Ale pewnie nieprędko będzie okazja na coś lepszego – odparł Beck. – Lepiej się najeść do syta. Gdzie jest Marco?

– Rozmawia z wieśniakami – Christina skinęła głową w stronę drzwi. – Kogi znaleźli nas wczoraj, po tym jak zniknąłeś. Czekaliśmy i czekaliśmy, aż nagle pojawiła się grupa ludzi ze wsi i przyprowadzili nas tutaj.

Uśmiechnęła się nieśmiało, jakby niepewna, czy powinna mówić dalej.

– Tak jakby wiedzieli, że tam jesteśmy. Powiedzieli nam wszystko. O tym, że Kogi są Starszym Bratem, a my Młodszym Bratem. I o tym, jak Gonzalo ukradł z Zaginionego Miasta amulet z ropuchą i jak jego ludzie spalili wioskę z zemsty, kiedy nie mogli już tam ponownie trafić.

Beck kiwnął głową.

– Mnie też o tym opowiedzieli – zamyślił się i wziął głęboki oddech. – I to jak! – potem zrelacjonował Christinie swój sen, podróż do Aluny, wizję Don Gonzala i jego ludzi palących wioskę. Kiedy skończył, ściągnął amulet z szyi i przyjrzał mu się w świetle.

– Więc to jest źródłem wszystkich kłopotów. Mama Kojek, ten Indianin, którego widziałem wtedy na placu w Cartagenie, mówił, że to święta ofiara złożona Matce Ziemi przez jego przodków. Gonzalo skradł ją i teraz trzeba ją zwrócić.

– A czy Mamowie wiedzą, że nasz tata i twój wujek zostali porwani i dlaczego musimy jak najszybciej odszukać Zaginione Miasto? – spytała Christina. – Tak bardzo się martwię.

– Wiedzą chyba o wszystkim – odpowiedział Beck. – Kiedy podróżują przez Alunę, potrafią czytać w naszych myślach i rozmawiać z nami bez słów. Ale ich starszyzna mówi, że dopóki amulet nie zostanie zwrócony Zaginionemu Miastu, nie wolno im udzielać nam żadnej pomocy, co oznacza, że jeśli chcemy uwolnić wujka Ala i waszego tatę, musimy to zrobić sami.

Beck wstał i podszedł do drzwi chaty. Na zewnątrz Kogi byli pochłonięci swoimi codziennymi obowiązkami. Marco rozmawiał z wieśniakami, przyglądając się, jak jedna z kobiet nawija nici na wrzeciono, a potem tka na ręcznym krośnie. Było to białe płótno na tuniki, które nosili ludzie we wsi. Kobieta uważnie skręcała i splatała włókna, sprawiając wrażenie pogrążonej w medytacji. Marco na widok Becka przerwał rozmowę i podszedł do chaty.

– Dobrze spałeś, *amigo?* – uśmiechnął się szeroko i uścisnął swojego przyjaciela powitalnym niedźwiedziem.

Wkrótce otoczyła ich grupka ciekawskich dzieci, prosząc, żeby się dołączyli do zabawy, która przypominała grę w klasy. Wciągnęły też Christinę, ale żadne z trojga nastolatków nie było w tym tak dobre jak mali Kogi. Po skończonej zabawie odeszli na skraj wsi, gdzie usiedli oparci o drzewo.

– Wieśniacy są bardzo przyjaźni, Beck – powiedział Marco. – Ale Mamowie chcą, żebyśmy natychmiast opuścili to miejsce. Mówią, że Zaginione Miasto jest w niebezpieczeństwie. Myślę, że wiedzą o gangu i o porwaniu. Nie mam pojęcia skąd, ale z pewnością to wiedzą. Ma to jakiś związek ze światem duchów, czymś, co się nazywa Aluna. Ale ty już pewnie dokładnie wiesz, o co chodzi, prawda? – uśmiechnął się pytająco do swojego przyjaciela.

– Oni wierzą, że jeśli skarb Gonzala nie zostanie zwrócony – odparł Beck, pokazując bliźniętom amulet – to najpierw zginą góry, a potem cała planeta. Ale tylko Młodszy Brat może go zwrócić. Jeśli zabiorą nam skarb siłą, będzie to jak ponowna kradzież, czego Mamowie zrobić nie mogą. Z tego samego powodu nie mogą nam pomóc w poszukiwaniu wujka Ala i waszego taty.

Nagle coś kazało im spojrzeć za siebie. Mama Kojek bezszelestnie podszedł od tyłu i stał tam, przyglądając się im. Po raz kolejny wpatrywał się w Becka świdrującym wzrokiem, a ten znów poczuł się, jakby powoli ulegał hipnozie. Natychmiast zrozumiał, że już czas ruszać. Mama Kojek miał surowe, poważne spojrzenie i ponaglał go wzrokiem, czego nigdy wcześniej nie robił.

Szaman poprowadził ich przez polanę w stronę wejścia do wioski. Wokół ogniska zebrała się grupa młodych mężczyzn, a jeden z nich robił tatuaż jakiemuś chłopcu. Obok starsze kobiety myły długie, czarne włosy młodej dziewczynie. Marco pomachał do osób siedzących po turecku wokół kobiety przy krośnie, a one odpowiedziały tym samym, uśmiechając się pogodnie.

– Zaprzyjaźniłem się z nimi – powiedział Marco i pokazał im pasiastą, plecioną torbę na ramię, taką samą jak te, w których Kogi nosili swój skromny dobytek. – To prezent od mieszkańców wioski. Nigdy nie wiadomo, kiedy może się przydać.

Kiedy opuszczali wioskę, powitało ich znajome skrzeczenie i z dachu chaty Mamów sfrunął do nich Ringo.

– Chodź! – zawołał na niego Marco. – Zwijamy się, czas na nas!

Kiedy Mama Kojek wyprowadził ich ścieżką z wioski, Beck przesunął zamyślonym wzrokiem po namorzynowych bagnach i spojrzał w kierunku morza. Wszędzie panował spokój, po galeonach Gonzala nie było nawet śladu i tylko w oddali zobaczył cienką, bladą wstęgę plaży i białe pasemka fal rozbijających się łagodnie o brzeg. Nad nimi wznosiły się ku niebu drzewa palmowe, niczym olbrzymie pierzaste miotełki do kurzu.

Szli gęsiego, pogrążeni w ciszy, szeroką ścieżką przez dżunglę. Po chwili zaczęli się wspinać stromym zboczem w stronę gór, a prowadzący ich Kogi, jak duch, ulotnił się gdzieś przed nimi. Przyjemna krzątanina w wiosce wkrótce stała się już tylko odległym wspomnieniem. Ulotnił się też słony smak morza w ustach, zastąpiony zapachem oparów wilgotnej ziemi, które tym bardziej wnikały w nozdrza, im głębiej zanurzali się w duszne, gorące powietrze.

Nie potrafili określić, kiedy dokładnie zniknął im z oczu Mama Kojek, ale gdy zdali sobie sprawę z tego, że już ich nie prowadzi, ścieżka powoli przestała się wspinać, aż w końcu wyszli z lasu na szczyt zbocza, z którego widać było wioskę, teraz leżącą dobrych kilkaset metrów niżej. Po obu stronach wzniesienia rozciągały się tarasy uprawne.

– Kukurydza – stwierdził Beck, spoglądając na rzędy łodyg kołyszących się nad ich głowami. – Kogi uprawiają ją na wyżynie, ponieważ tu jest bardziej sucho i słonecznie. To właśnie kukurydzę jedliśmy na śniadanie. Indianie mielą ją na pastę, choć szczerze mówiąc o wiele lepsza byłaby po prostu zwykła kolba.

To Marco niósł teraz maczetę i zręcznym machnięciem ostrza ściął sześć zbitych, zielonych kolb i wrzucił je do torby.

– To pewnie dlatego przyprowadził nas tu Mama Kojek – zauważyła Christina.

– To miał być ostatni prezent dla nas przed pożegnaniem.

– I teraz już wszystko zależy tylko od nas – stwierdził ponuro Beck. – Mama Kojek powiedział mi, że Zaginione Miasto oddalone jest tylko o dwa dni marszu stąd, ale nie będzie łatwo się tam dostać. Całe lata nikt nie chodził tymi ścieżkami. Na wschód stąd rozciąga się płaskowyż, przez który w stronę Zaginionego Miasta płynie rzeka, i to jest nasza jedyna szansa na odnalezienie wujka Ala i waszego taty.

– „Przez dolinę na płaskowyżu płynie rzeka" – wyrecytował Marco. – Mnie też Mama Kojek kazał zapamiętać te słowa.

Zatrzymał się i popatrzył znacząco na Becka.

– W każdym razie usłyszałem je w głowie.

Beck uśmiechnął się.

– Musimy zaufać Mamom Kogi. Jest tylko jeden sposób przejścia przez dżunglę bez kompasu. Trzeba znaleźć jakąś rzekę. Z tym że na ogół chodzi wtedy o to, żeby z dżungli się wydostać, a nie wejść w nią jeszcze głębiej. Jak tylko uda nam się wspiąć wysoko na płaskowyż, będziemy się mogli rozejrzeć ponad czubkami drzew i dzięki temu znajdziemy dolinę, którą płynie rzeka. Wtedy możemy podążyć w górę jej biegu, aż do Zaginionego Miasta.

– A co zrobimy, kiedy je odnajdziemy? – zapytała Christina. – Jakie mamy szanse przeciwko porywaczom, którzy na pewno są uzbrojeni? – wzdrygnęła się na myśl o tym.

Beck westchnął głęboko.

– Jeśli przeżyliśmy atak rekina, poradzimy sobie w każdej sytuacji. „Nie trać nadziei". To pierwsza zasada sztuki przetrwania, Chrissy. I wiecie co?

Bliźnięta potrząsnęły głowami. Beck zdjął amulet z szyi i pomachał nim w słońcu.

– Jeśli przeżyjemy w dżungli i zwrócimy to Zaginionemu Miastu, Mamowie na pewno nam pomogą.

Umilkł na moment. – A jeśli nie, to jedyną bronią, jaka nam pozostała, będzie zaskoczenie.

– Gdzieś na gałęzi powyżej coś zaskrzeczało głośno. – No i oczywiście Ringo – dodał, podnosząc wzrok.

Robiło się coraz goręcej. Pot lał się z nich strumieniami. Christina miała zaczerwienioną twarz i ciężko dyszała z na wpół otwartymi ustami.

– Chyba się mocno odwodniłaś, Chrissy – stwierdził Beck. – Musisz się szybko czegoś napić.

Powiódł wzrokiem po drzewach dookoła. Jedyną oznaką obecności wody, jaką zauważyła Christina, był pot wsiąkający w ich ubrania.

– Tarzan tego w ogóle nie zajarzył – powiedział, pociągając za grubą lianę oplatającą pień drzewa. Wziął od Marca maczetę i unosząc ją tak wysoko, jak tylko zdołał, ostrożnie zrobił głębokie nacięcie w zdrewniałym pnączu. Potem odciął lianę tuż przy korzeniu, tam gdzie znikała w ziemi, i szybko uniósł koniec nad otwarte usta Christiny. Wielkie krople czystej wody spłynęły wprost na jej spieczone wargi.

– Liany o wiele bardziej się przydają jako źródło wody niż huśtawka do bujania się między drzewami – oświadczył Beck. – Lepiej ci już?

Christina wycierała sobie właśnie usta wierzchem dłoni.

– To najpyszniejsza woda, jaką kiedykolwiek piłam – uśmiechnęła się do niego.

Beck ściął jeszcze jedną lianę dla Marca i trzecią dla siebie.

– To działa jak pipetka ze szkolnej pracowni naukowej – wyjaśnił. – Liana ciągnie wodę z ziemi poprzez korzenie i transportuje ją na sam czubek, który cały czas rośnie. Kiedy się zrobi nacięcie u góry, woda nie może już płynąć wyżej. Potem wystarczy odciąć kawałek liany od korzenia i resztę załatwia grawitacja. W ten sposób mamy wodę jak z węża ogrodowego!

Kiedy Marco i Christina pili zachłannie wodę, Beck wszedł w zarośla i po chwili wrócił z trzema długimi kijami. Dał po jednym każdemu z bliźniąt, a trzeci zatrzymał dla siebie.

– Jedyny sposób na szybkie poruszanie się w dżungli to iść powoli – powiedział. – Jeśli próbuje się z nią walczyć, to i ona odwzajemnia się tym samym, z nawiązką. Dosłownie zedrze wam skórę z pleców. Trzeba się poruszać jak tancerz, a nie jak słoń w sklepie z porcelaną, opuścić ramiona, rozluźnić biodra.

Beck podniósł swój kij i machając nim przed sobą tuż przy ziemi zanurzył się w zarośla.

– Uważajcie na węże. Idźcie powoli, ciężko tupiąc. Węże wyczuwają drżenie gruntu, więc wystarczy je wcześniej ostrzec. Atakują tylko wtedy, kiedy się poczują zagrożone. To znaczy, tak się przynajmniej zachowuje typowy wąż... – wyszczerzył zęby w uśmiechu.

Ścieżka niemal już zupełnie zniknęła i ze wszystkich stron zaczął ich osaczać gąszcz roślin, które ciągnęły i czepiały się ubrań i skóry.

– Jeśli się zgubimy w tych chaszczach, będą problemy – mówił Beck, ścinając atakujące ze wszystkich stron kolce i pnącza. – To wtórna dżungla, najgorszy rodzaj. Kiedyś ścięto tu drzewa, a kiedy na dno dżungli nagle dotrze światło, rośliny wariują. Rosną jak opętane, dusząc wszystko, co napotkają na swojej drodze, nie wyłączając i nas.

Ale ich uwagę przykuło coś jeszcze. Skaczący wyżej wśród gałęzi Ringo regularnie dawał im znać o swojej obecności, teraz jednak jego pokrzykiwanie brzmiało bardziej natarczywie.

– To ptaszysko zaczyna mi bardziej przypominać piłę łańcuchową niż papugę – mruknął Beck.

Ringo przysiadł przed nimi na wielkim, odłamanym konarze, trzepocząc skrzydłami i skrzecząc przeraźliwie.

– Myślałby kto, że głupia papuga nigdy jeszcze nie widziała drzewa – prychnął Marco. – Pewnie się złamało w czasie burzy.

Beck podszedł bliżej i już miał odsunąć gałąź na bok, kiedy na ramieniu poczuł uścisk Christiny. Zatrzymał się, instynktownie czując, że coś mu tu zdecydowanie nie pasuje. W ciszy przyglądał się badawczo listowiu.

Nagle skamieniał, a z czoła zaczęły mu powoli spływać krople potu, aż poczuł szczypanie soli w oczach.

Patrzył prosto w zimne, nieruchome oczy ogromnej żmii.

ROZDZIAŁ PIĘTNASTY

Bliźnięta nie zdążyły nawet drgnąć, gdy ostrze maczety, niczym samurajski miecz, przecięło powietrze i z łoskotem trafiło w cel. Beck ostrożnie pochylił się nad swoją ofiarą, spięty i gotów w każdej chwili za-atakować ponownie. Wreszcie rozluźnił się i odetchnął z ulgą.

– O rany – wyszeptał. – Niewiele brako-wało... Dziękuję panu, señor Ringo – posłał papudze całusa.

Podniósł się powoli i odwrócił w stro-nę bliźniąt. Przed nimi wisiało ciało ol-brzymiego węża, wciąż drżąc na ostrzu maczety. Beck przejechał palcami po różo-wo-brązowym mięsie w miejscu śmiertel-nego ciosu.

– Niezły kamuflaż, co? – powiedział z uznaniem. – Groźnica niema. Można ją poznać po tych czarnych rombach na grzbiecie.

Urwał i raz jeszcze spojrzał z podziwem na zabite zwierzę.

– To największy na świecie gatunek żmii i jeden z najbardziej jadowitych. Zobaczcie, jakie ma długie zęby. A taka trójkątna głowa w świecie węży na ogół oznacza, że koleś jest wyjątkowo niebezpieczny.

Wyciągnął maczetę z ciała groźnicy i jeszcze raz zamachnął się, żeby odciąć wężowi głowę. Cielsko bestii spadło na ziemię i Beck podniósł je czubkiem ostrza. Łeb nadal spoczywał na gałęzi, w kałuży ciemnoczerwonej krwi. Rozdziawiona paszcza zastygła jakby w przerażającym uśmiechu, a martwe, szkliste oczy nic już nie widziały. Doskonale teraz widoczne dwa olbrzymie zęby jadowe, przywodziły na myśl wygięte siekacze tygrysa szablozębnego.

Na gładki pień drzewa powoli skapywał z nich gęsty jad.

– Hemotoksyna – wyjaśnił Beck. – Jeśli się dostanie do krwi człowieka, zamienia ją, jak i całą resztę, w kaszankę. Jad znajduje się w torebce pod głową. Układ nerwowy działa jeszcze przez chwilę po jej odcięciu i pewnie jeszcze teraz mogłaby nas ukąsić.

Beck zasyczał jak wąż i w udawanym ataku rzucił się w stronę Christiny, która przestraszona odskoczyła na bok.

– Jeszcze cię dopadnę, *Inglés!* – zawołała z błyskiem w ciemnych oczach.

Beck zaśmiał się i dumnie potrząsnął nad głową maczetą. Ciało węża zwisało przed nimi bezwładnie, jak węgorz na haku w sklepie rybnym.

– Czyste białko – stwierdził. – Właśnie tego wszyscy potrzebujemy. Upieczemy sobie wieczorem. Gdyby nie był taki jadowity, moglibyśmy go schwytać i zabić dopiero później.

Żywe mięso dłużej zachowuje świeżość. Tak czy siak, choć to nawet nie jest jeszcze pora obiadu, mamy mięso i warzywa na kolację.

Przysunął się do Christiny.

– A na razie może się komuś przydać jako bardzo twarzowy szalik...

Ale tym razem dziewczyna była czujna. Błyskawicznie chwyciła węża za ogon i owinęła go Beckowi wokół szyi.

– Tobie bardziej pasuje, *Inglés*. Wyglądasz bardzo elegancko! – zaśmiała się.

* * *

Kiedy opadło z nich napięcie, mogli nieco przyśpieszyć marsz. Na zmianę wycinali maczetą przejście w gęstwinie i szli gęsiego coraz wyżej i wyżej. Pomiędzy gałęziami drzew przemykały pokrzewki i kolibry – jasnokolorowe plamki na tle bezkresnej zieleni dżungli. Po pewnym czasie zarośla przerzedziły się nieco, a drzewa stały się wyższe. U dołu podpierały je, niczym płetwiaste szpony dinozaurów, rozchodzące się promieniście, olbrzymie korzenie szkarpowe.

– Nareszcie las pierwotny – odetchnął Beck, opierając się na swoim kiju i ocierając twarz wierzchem dłoni. – Teraz powinno już być o wiele łatwiej. Nigdy nie ścinano tu drzew, więc od stuleci na dno dżungli dociera naprawdę niewiele światła. A jego brak trzyma w ryzach niższe rośliny. Ale nawet w tych warunkach będziemy mogli pokonywać nie więcej niż trzy kilometry dziennie w linii prostej.

– Szkoda, że nie mamy skrzydeł – westchnęła Christina.

– Jak papugi – dodał Marco, wodząc zazdrośnie wzrokiem za Ringo, który szybował wesoło nad ich głowami.

Dotarli do wysokiego grzbietu na skraju płaskowyżu, gdzie gęste drzewa stopniowo przeszły w zagajnik bambusów. Były jedwabiście gładkie, żółtawe w jasnozielone cętki i niekiedy grubości trąby słonia. U góry wyglądały jak kolumny gotyckich katedr, a skojarzenie to potęgowały jeszcze smugi światła, rozpraszające półmrok niczym słońce wpadające przez witraże.

Cała trójka coraz mocniej zaczęła odczuwać, że ma za sobą długi, ciężki dzień. W głosie Becka zabrzmiało ponaglenie.

– Wreszcie! Dokładnie tego potrzebowaliśmy. Bambus to najlepszy materiał w dżungli do budowy schronienia. Musimy się pośpieszyć, bo za parę godzin zacznie się ściemniać, a wtedy będzie już za późno. I oby tylko nie złapał nas deszcz.

Wbił znienacka ostrze maczety w pień bambusa tuż obok swojej głowy. Bliźnięta spojrzały na niego ze zdumieniem, a ponieważ z bambusa trysnęła woda, rzuciły się, żeby się napić.

– W dżungli zawsze znajdzie się coś do picia – zauważył Beck. – Jeśli akurat nie pada, to z pewnością matka natura gdzieś coś przychomikowała.

– Może tutaj się rozbijemy? – spytała Christina, zaspokoiwszy pragnienie.

– Miejsce może wyglądać na odpowiednie – odparł Beck z powątpiewaniem, uważnie się rozglądając. – Ale pozory często mylą.

Podniósł swój kij i zaczął nim rozgrzebywać suche liście i patyki pod nogami, aż obnażył ziemię pod spodem.

– Patrzcie!

Pod czarną warstwą butwiejących szczątków ledwo dostrzegli coś miękkiego i zielonego, co wyglądało jak skrzyżowanie karalucha z konikiem polnym. Owad co pewien czas tracił kolejną kończynę, która zdawała się sama odrywać od tułowia, przez chwilę drżała anemicznie, po czym znikała w morzu maleńkich, czarnych mrówek. Ze wszystkich kierunków ściągały kolumny posiłków. Bliźnięta skrzywiły się z obrzydzeniem.

– *Paraponera clavata* – wyjaśnił Beck. – Ukąszenia przez tę mrówkę nie można nie poczuć. Boli jak przypalanie rozgrzanym do czerwoności prętem, a spotkanie z większą bandą tych przyjemniaczków grozi naprawdę poważnymi konsekwencjami. Przekonał się o tym ten biedny koleś, którego właśnie rozczłonkowują. Mrówki nie znają pojęcia objazdu. Jeśli coś im stanie na drodze, to po prostu po tym przejdą. A jeśli akurat są głodne, zrobią sobie ucztę. I to możemy być także my!

Beck wyprowadził ich z bambusowego zagajnika na skraj skalnego grzbietu. Rozejrzał się i wybrał lekko nachylone miejsce.

– Tu będzie dobrze – orzekł, odgarnąwszy kijem warstwę drobnej roślinności. – Przy budowaniu schronienia obowiązuje właściwie tylko jedna zasada, dokładnie taka sama jak ta, którą wujek Al kieruje się przy zakupie nieruchomości: „Lokalizacja, młodzieńcze. Najważniejsza jest lokalizacja”.

Te ostanie słowa wypowiedział, parodiując akcent angielskiego arystokraty.

Roześmiali się na wspomnienie ekscentrycznego Anglika w słomkowym kapeluszu.

– Ciekawe, co on teraz porabia? – zamyślił się Marco.

Beck udał, że tego nie słyszy. Chciał ich podtrzymać na duchu, żeby się niepotrzebnie nie martwili.

– Miejsce jest wysoko położone – mówił dalej – więc jeśli miałoby padać w nocy, woda nie spłynie tu po zboczu i nie zaleje nam obozowiska. Las deszczowy nie przypadkiem nosi właśnie taką nazwę – dodał i spojrzał na plątaninę liści i gałęzi nad ich głowami. – Nic też tu nas nie spadnie i nas nie zabije. Większość ludzi ginie w dżungli od tego, co im spadnie na głowę. Najgorsze są zbutwiałe gałęzie i orzechy kokosowe. Trudno to nazwać śmiercią na polu chwały.

Znów się rozejrzał, dokładnie studiując grunt pod stopami.

– Nie widzę też żadnych śladów zwierząt. Większość drapieżników poluje co noc na tych samych trasach, zwłaszcza prowadzących do wodopoju. A jeśli na ich drodze akurat znajdzie się wasze łóżko, to raczej nie ominą go uprzejmie, by wam nie zakłócić snu.

– Mnie się tu podoba, szefie – powiedział Marco. – Co teraz?

– Musimy sobie zbudować wiszące łóżka – odparł Beck. – Najważniejsze to spać wysoko nad ziemią, bo na dole jest mokro i łazi to obrzydliwe robactwo. Najpierw trzeba powiązać kawałki bambusa w ramę przypominającą kształtem literę „A". Potem bierze się dwie długie tyczki i przywiązuje je w połowie wysokości obu ram. Wygląda to trochę jak stojące nosze. Gotowe. Jedno łóżko już mamy.

– Ale na czym będziemy leżeć? – zapytała Christina.

– Trzeba upleść matę z pnączy i liści palmowych, a potem przywiązać ją do tych tyczek. Tak samo zrobimy dach: bambusowa rama z plecionką w środku. A jeśli chcecie trochę luksusu, to można jeszcze rozciąć kilka bambusów wzdłuż i zrobić sobie dodatkowo rynny odprowadzające wodę.

Kiedy Beck ścinał bambusy, Marco poszedł na poszukiwanie podpałki i opału na ognisko, a Christina kijem oczyszczała miejsce, które wybrali do spania. Beck wrócił, potrząsając długimi pasami kory, które wyciął z pobliskiego drzewa.

– Włóknista kora – wyjaśnił. – Idealna do wiązania.

Nad ich głowami zaskrzeczał Ringo, który z zaciekawieniem obserwował, co robią.

Było już niemal ciemno, kiedy skończyli przygotowywać obóz. Płomienie z ogniska rzucały cienie na ścianę otaczającego ich lasu. Marco siedział na swoim łóżku wyraźnie z siebie dumny. Nagle jęknął i zaczął się mocno drapać po nodze przez materiał spodni.

– Nie drap. Nie w ten sposób. Skaleczysz się i przez noc rana ci zaropieje. Nie ruszaj się!

Beck chwycił tlącą się w ognisku gałąź i dmuchnął w żarzący się czubek. Ukląkł obok Marca, podniósł nogawkę jego spodni i przysunął gorącą końcówkę tak blisko nogi, jak to tylko było możliwe bez przypalenia skóry. Marco wzdrygnął się, kiedy ze skóry wypadło mu jeden po drugim pięć kleszczy.

– Podstawy przetrwania w dżungli – powiedział Beck. – Trzeba sobie regularnie oglądać skórę. Najpaskudniejsze są nie duże zwierzęta, które widuje się tu rzadko, ale te najdrobniejsze.

Wrzucił gałąź z powrotem do ognia.

– Dobra, czas na kolację!

Zmęczone bliźnięta leżały na łóżkach, gdy tymczasem Beck podniósł zabitą groźnicę, którą wcześniej nadział na ostry kij i ulokował w bezpiecznym miejscu wysoko nad ściółką.

Trzymając węża za bezgłowy koniec, zaczął ściągać skórę. Zsuwała się łatwo, jakby to był sweter. Potem rozciął brzuch, z którego wypłynęły wnętrzności i z mlaśnięciem uderzyły o ziemię. Kiedy chłopiec podniósł je i wrzucił do ogniska, Christina odwróciła się, bo zrobiło jej się niedobrze.

– Lepiej nie zostawiać niczego, co mogłoby przyciągnąć nieproszonych gości – wyjaśnił Beck, spoglądając w otaczającą ich ciemność.

Siedzieli w milczeniu i patrzyli na piekące się mięso. Beck wcisnął ogon węża w rozszczepiony koniec kija, a resztę cielska owinął wokół niego tak jak girlandami kwiatów przyozdabia się słupy. Po chwili ogień buchnął wyżej, a ze skwierczącego mięsa zaczął powoli wyciekać tłuszcz.

Beck leżał na swoim łóżku i od czasu do czasu wyciągając rękę, obracał nieśpiesznie rożnem, tak by mięso piekło się równomiernie ze wszystkich stron. Kiedy uznał, że jest już gotowe, pokroił je na plastry. Wszyscy troje zjedli je łapczywie, popijając wodą, którą Beck nalał wcześniej do prowizorycznych kubków wykonanych z kawałków bambusa.

Pełne żołądki i ciepło ogniska wkrótce sprawiły, że rodzeństwu zaczęły się zamykać oczy. Po chwili oboje już spali mocnym snem. Beck trochę dłużej walczył z sennością. Raz jeszcze wyjął mapę Gonzala z mapnika, który nosił pod ubraniem, i przyjrzał się jej w świetle ogniska.

Płomienie przygasły, a obóz pogrążył się w ciemności. Dźwięki dochodzące z dżungli nasiliły się, natomiast Ringo zupełnie zamilkł. Beck przysłuchiwał się uważnie, próbując przebić wzrokiem atramentową czerń i bez powodzenia usiłując rozpoznać dobiegające zewsząd odgłosy.

„Hu-hu!" – coś zawołało.

„Urrrk, urrrk, urrrk". „Tuk-tuk-tuk". „Aaarkkk, aaarkk" – odpowiedziały jakieś inne głosy.

Zaczął już powoli zamykać oczy, gdy nagle usłyszał jeszcze jeden dźwięk i poczuł, jak mu się ściska żołądek. Było to coś pośredniego między szczekaniem psa a wrzaskiem walczącego kota. Dźwięk ten przeszył noc trzykrotnie i zapadła cisza. Nawet hipnoty-zujące brzęczenie cykad przycichło i niemal zupełnie ustało.

Beck nie miał już żadnych wątpliwo-ści. Właśnie wyruszył na łowy jaguar, król dżungli.

ROZDZIAŁ SZESNASTY

Obudził go grzmot nadchodzącej burzy: długi, gardłowy łoskot, podobny do ryku fal rozbijających się o plażę. Wkrótce potem o korony drzew wysoko w górze zaczęły bębnić pierwsze krople deszczu, a po chwili na dach z palmowych liści runęła ściana wody. Beck wzdrygnął się, kiedy pierwsza lodowata kropla eksplodowała mu na szyi i spłynęła po plecach. Jęknął z rozpaczy. Przedzieranie się przez dżunglę w upale i wilgotnym powietrzu to spore wyzwanie, ale w deszczu ich wędrówka zamieni się w koszmar.

Wyjrzał na zewnątrz. Nad ogniskiem unosił się dym, a żarzące się jeszcze resztki grubych polan syczały wściekle, atakowane przez ulewę. Beck momentalnie zerwał się na nogi. Ogień w dżungli to skarb, nie wolno go stracić. Po takim deszczu, gdy wszystko przemoknie, rozpalenie ogniska stanie się prawie niemożliwe, nawet za pomocą krzesiwa magnezowego.

Tuż obok rosło drzewo o korze grubej i włóknistej jak skorupa orzecha kokosowego. Beck wykroił maczetą prostokątny plaster i szarpnięciem oderwał go od pnia. Pakowanie ognia na drogę to jeszcze jedna sztuczka, jakiej się nauczył od Aborygenów w australijskim buszu. Żar ze starego ogniska może się tlić nawet cały dzień, pod warunkiem że się mu zapewni stały dopływ powietrza. Beck wyciągnął rozżarzony kij z ogniska i zawinął go w grubą warstwę kory.

Teraz i bliźnięta zaczęły się budzić.

– Dopiero co było tak gorąco, że nie dało się oddychać, a teraz umieram z zimna – jęknął Marco. – Okropność!

Przeczekali w schronieniu, aż minął najgorszy deszcz. Beck myślał intensywnie: jeśli udałoby się znaleźć rzekę, do Zaginionego

Miasta byłoby już blisko i mogliby w końcu spróbować uwolnić wujka Ala i burmistrza Rafaela. Z mapy Gonzala wynikało, że dolina rzeki stromo wznosi się do następnego płaskowyżu, schowanego gdzieś przed nimi w cieniu gór. To tam musiał się znajdować cel ich wędrówki.

Pomimo deszczu Beck narzucił ostre tempo, bo tylko tak mogli szybciej dotrzeć do rzeki. Bliźnięta w markotnym nastroju podążały za Beckiem w milczeniu skrajem skalnego grzbietu.

Szli tak już prawie godzinę, kiedy Marco wskazał na mijane drzewo. Na pniu widać było wyraźne, głęboko zarysowane ślady pazurów, a spod uszkodzonej kory wypływały ciężkie krople żywicy.

– Mamy szczęście, że to nie na nas sobie ostrzył pazury – zauważyła Christina. Była blada i drżał jej głos.

Beck zmarszczył brwi. W nocy, zanim rozpętała się burza, kilkakrotnie słyszał ryk jaguara i za każdym razem włosy stawały mu dęba. Zastanawiał się, czy jego towarzysze też go słyszeli, choć teraz nie miało to już znaczenia. Wszystko się wydało.

– Dobrze, że jaguary odpoczywają w ciągu dnia i polują tylko w nocy – powiedział jak gdyby nigdy nic. – Miejmy nadzieję, że nasz przyjaciel właśnie śpi.

Urwał i spojrzał w głąb otaczającej ich dżungli.

– Jaguary trzymają się miejsc, gdzie mogą się napić. Te ślady powinny prowadzić nad rzekę – machnął ręką w kierunku skalnego grzbietu. Kilka metrów dalej ciągnął się wyraźny trop jaguara, skręcający w zarośla.

Im głębiej zanurzali się w dżunglę, tym mocniej i szybciej biło serce Becka. Choć zdecydował się nie mówić o tym bliźniętom, wiedział, że jaguar to śmiertelne zagrożenie. Aztekowie i Majowie, którzy lubowali się w rozlewie krwi, czcili kiedyś te zwierzęta jak bogów. Jaguar ma tak mocne szczęki, że jednym kłapnięciem potrafi zmiażdżyć skorupę żółwia. Jest też doskonałym myśliwym. W mrokach lasu deszczowego charakterystyczne plamki na jego futrze są prawie niewidoczne, a potem jest już za późno. Dać się podejść jaguarowi to coś zupełnie innego, niż wpaść w zasadzkę urządzoną przez szkolnych kolegów z pistoletami na farbę.

Szli za tropem prawie godzinę, kiedy Beck nagle przyłożył palec do ust. Bliźnięta stanęły jak wryte; w głębokim cieniu połyskiwały tylko białka ich oczu. Odgłosy dżungli wydawały się teraz bardziej znajome i poza skrzeczeniem Ringo dawało się rozpoznać również inne ptaki. Ale w oddali słyszeli też jeszcze coś. Długie, głębokie dudnienie, jakby ktoś grał na kontrabasie.

Kilka minut później stali już na brzegu szerokiej, rwącej rzeki. Deszcz niemal zupełnie ustał, a przez liście drzew przebijały się jasne snopy światła. Christina westchnęła z zachwytu. Nad cętkowaną powierzchnią wody trzepotały skrzydłami wielkie, niebieskie motyle, a na brzegu rzeki gasił pragnienie żółto upierzony ptak z długim zakrzywionym dziobem.

Ale Beck nie patrzył w kierunku rzeki. Przyglądał się miękkiej ziemi, w której zauważył głęboko odciśnięty ślad łapy. Cztery poduszeczki tworzące półkole, a w środku piąta, większa.

– Jaguar, król dżungli – wyszeptał z respektem w głosie. – To na pewno tutaj pił wodę zeszłej nocy. Ale zobaczcie, ślady znikają dalej w rzece.

– Czy to znaczy, że się przeprawił na drugą stronę? – zapytała Christina, patrząc z niedowierzaniem na wzburzony nurt. – Przecież by go porwało...

– Jaguary to nie są zwykłe kociaki, Chrissy – odparł Beck. – One lubią wodę. Tata mi kiedyś opowiadał, że widział jaguara płynącego pod prąd z sarną w pysku!

– Ale zobacz, Beck, kawałek wyżej trop znów się pojawia – zauważył Marco, wskazując brzeg rzeki.

Beck przez chwilę zastanawiał się w skupieniu, co to wszystko znaczy. Nagle go oświeciło:

– Kiedy jaguar był tu wczoraj w nocy, rzeka miała niższy poziom. Pewnie tylko przeszedł wzdłuż brzegu, a potem woda przybrała i zalała część śladów. Po deszczu poziom rzeki podnosi się bardzo szybko.

Ukląkł, żeby przyjrzeć się mapie, którą trzymał w wodoszczelnym etui.

– Według mapy Gonzala Zaginione Miasto leży na drugim brzegu rzeki. Jeśli jej teraz nie przejdziemy, możemy już nie mieć następnej okazji. Wyżej w górach prąd będzie miał siłę tsunami.

O tym, że się nie myli, świadczyła wymownie biała piana pośrodku rzeki, w miejscu gdzie woda uderzała z impetem o skały.

– Chyba żartujesz, Beck – powiedział Marco. – Nie poradzimy sobie z tak rwącym nurtem!

Ale Beck podjął już decyzję.

– Zawsze mamy jeszcze do pomocy najlepszych przyjaciół Tarzana – odparł, odrąbując tuż przy korzeniu grube pnącze, które oplatało olbrzymi pień w pobliżu. Potem owinął je sobie wokół ramienia, jakby to była zwykła lina do górskiej wspinaczki, i przyklęknął przed rodzeństwem niczym dowódca komandosów objaśniający szczegóły przygotowywanego ataku.

– Posłużymy się tym pnączem – oznajmił. – Przewiążę się nim i pierwszy przejdę na drugą stronę. Marco, Chrissy, wy będziecie trzymać linę na brzegu, ale ustawcie się jakieś trzy metry od siebie. Dzięki temu, gdybym się poślizgnął albo przewrócił, będę miał dwa punkty zaczepienia. Kiedy się znajdę po drugiej stronie, wtedy ty, Chrissy, przywiążesz się do liny, a my będziemy cię zabezpieczać z obu brzegów. Na końcu przeprawi się Marco, korzystając z naszej asekuracji już po tamtej stronie. W ten sposób każdy będzie podwójnie zabezpieczony.

Beck przewiązał się pnączem w pasie i powoli wszedł w rzekę. Obserwując, jak woda sięga mu coraz wyżej, bliźnięta mocno zaparły się o ziemię, na wypadek gdyby się pośliznął.

– Odwróćcie się twarzą w górę rzeki i oprzyjcie o kij wbity w dno – krzyknął Beck. – W ten sposób nogi i kij utworzą jakby trójnóg, który zapewnia maksymalną stabilność.

Kiedy dotarł na drugą stronę, bliźnięta prawie już nie słyszały jego głosu, zagłuszanego przez huczącą rzekę.

– Twoja kolej, siostrzyczko – powiedział Marco, kiedy Beck ustawił się na suchym lądzie i dał im znak uniesionym kciukiem.

Teraz Christina weszła w rwącą wodę. Niemal od razu poczuła, że nogi ma jak z waty i że musi się naprawdę wysilać, żeby zachować równowagę na nierównym dnie.

– Prąd jest za silny! – zawołała do Marca, przekrzykując ryk wody. – Ledwo się mogę poruszać!

Zachęcana okrzykami brata z brzegu, powoli brnęła coraz dalej. Beck przyglądał się zdenerwowany, mocno trzymając pnącze, które owinął sobie wokół pasa, i zapierając się stopami o ziemię na wypadek, gdyby dziewczynę porwał nurt.

Ta wkrótce poczuła na sobie całą potęgę rzeki. Niemal straciła równowagę na środku, gdzie prąd był najsilniejszy, ale w końcu dno zaczęło się z wolna podnosić i od drugiego brzegu dzieliło ją już tylko kilka metrów. Uradowana tym, że najgorsze już za nią, zrobiła duży krok i cały ciężar ciała przeniosła na jedną nogę, stojącą na płaskim kamieniu. I nagle, w jednym momencie, zniknęła pod wodą. Stopa obsunęła się na śliskiej skale i Christina uległa rwącemu nurtowi. Spieniona woda przykryła jej twarz.

Ale Beck i Marco byli na to przygotowani. Jeszcze mocniej zaparli się stopami o ziemię i przejęli cały ciężar jej obwiązanego pnączem ciała. Beck od razu pojął niebezpieczeństwo. Woda zalewała dziewczynie twarz, jej głowa co chwilę znikała. Zaczął biec w dół rzeki, wołając do Marca, żeby zrobił to samo. Napięcie liny zelżało i głowa znów pojawiła się nad powierzchnią. Christina wymiotowała wodą, równocześnie próbując stanąć na nogach.

Beck wykorzystał ten moment i z całych sił pociągnął linę, podczas gdy Marco jednocześnie popuścił ją po swojej stronie. W ten sposób kaszląca i parskająca wodą dziewczyna została wyciągnięta na brzeg.

– Ledwo daliśmy radę – westchnął Beck jakiś czas potem, gdy już siedzieli we troje i suszyli się w cieple wesoło strzelającego ogniska. Marco przeszedł na drugą stronę bez żadnych przygód. Beck niósł tlący się żar w torbie Indian Kogi i udało mu się go

nie zamoczyć, można więc było szybko rozpalić ogień. Sam był zaskoczony tym, że owi-
nięte w korę kawałki węgla drzewnego
wciąż się tliły. Christina nie mogła powstrzymać szczękania zębami, a jej twarz przybrała
upiornie blady odcień, obaj chłopcy usiedli
więc przy niej, by dodatkowo ogrzać jej
zziębnięte, drżące ciało własnym ciepłem.

Kiedy w końcu rozgrzała się nieco od
ogniska, Beck wyjął z torby, którą dostali od
Indian, kukurydzę i ułożył ją nad ogniem.
Wkrótce zajadali się upieczonymi kolbami,
aż sok spływał im po brodach. Ale Beck
miał powody do zmartwienia. Wszyscy troje byli przemoczeni i wyczerpani, a czekała
ich przecież jeszcze długa wspinaczka przez
dżunglę po stromych górskich zboczach.
Gdzieś tam, teraz już na pewno nie dalej
jak o dzień marszu, leżał cel, do którego tak
dzielnie zdążali.

Beck pozwolił przyjaciołom odpoczywać
tak długo, jak uznał, że mogą sobie na to

pozwolić. W końcu wstał i zaczął zadeptywać ognisko, uprzednio znów zawinąwszy w korę żarzącą się głownię. Nawet gdyby zgasła, i tak łatwiej ją będzie ponownie podpalić niż świeże drewno z lasu.

– Musimy się zdobyć na jeszcze jeden wysiłek. Marco, Chrissy, udało nam się zajść już tak daleko. Nie wolno nam się teraz poddać. Pamiętajcie, nie robimy tego dla siebie, ale dla nich: dla waszego ojca i wujka Ala. Tylko my im możemy pomóc.

Wysoko wśród gałęzi drzew nagle pojawił się Ringo, który zaskrzeczał jakby na znak, że zgadza się ze słowami Becka. Bliźnięta powoli zbierały się do drogi, wymieniając spojrzenia pełne smętnej determinacji.

* * *

Szli brzegiem rzeki, która płynęła teraz w głębokim kanionie. Powoli, z mozołem, posuwali się do przodu, pokonując stromiznę zakosami, żeby mięśnie nóg mniej się męczyły. Chwilami musieli się wdrapywać na niemal pionowe skały pokryte poskręcanymi dziwacznie korzeniami drzew, a niektóre odcinki trzeba wręcz było obchodzić, nadkładając drogi przez dżunglę.

W końcu wąwóz z rzeką w dole zaczął się zwężać. Minęli kilka wodospadów, które opadały kaskadami jak fantazyjne przybranie weselnego tortu. Zaczęło się też robić chłodniej, po części z powodu wysokości, a po części dlatego, że powoli zbliżał się wieczór.

– Chyba wychodzimy na bardziej równy teren i dżungla też już nie jest tak gęsta – zauważył Marco, kiedy późnym popołudniem zatrzymali się, by odpocząć.

Beck sprawdził najpierw, czy nie ma w pobliżu żadnych węży, a następnie oczyścił kawałek ziemi i rozwinął mapę.

– Zgodnie z mapą Gonzala ceremonialna droga do Zaginionego Miasta wiedzie ku krawędzi płaskowyżu, nieopodal rzeki.

Musimy już być bardzo blisko – stwierdził, wskazując cienką kreskę wijącą się przez pergamin, wzdłuż której biegł napis „Via Indígena" skreślony wyblakłymi literami, delikatnymi jak pajęczyna.

Beck wykrzykiwał polecenia, kiedy rozproszeni szli tyralierą do przodu, powoli przeszukując kijami dno lasu pod stopami.

– Musi gdzieś tu być – zamruczał Marco z nutą desperacji w głosie, kiedy po godzinie poszukiwań wciąż niczego nie znaleźli.

– Beck! Marco! – Christina wskazywała na coś leżącego obok niej, z przejęciem odgarniając stopą mech na ścieżce.

Obaj chłopcy nadbiegli w jednej chwili. Z ziemi sterczała krawędź wielkiego rzeźbionego kamienia. Obok leżał drugi, identycznych rozmiarów i o takim samym kształcie. Dalej, skręcone korzenie starego drzewa wypchnęły z ziemi jeszcze kilka podobnych. Marco podniósł się i zaczął wodzić wzrokiem tam i z powrotem.

– Ścieżka Kogi. To musi być to! – W jego głosie zabrzmiał entuzjazm i determinacja. Nie ulegało wątpliwości: stali na tym, co pozostało po starej, od wieków nieużywanej drodze.

Beck ostrożnie ruszył do przodu. W oddali słyszeli huk rzeki w kanionie, a unoszący się nad nią wodny pył zamieniał się w mgłę, skraplał na liściach i ściekał drobnymi kropelkami na dno dżungli.

Beck zastanawiał się gorączkowo. To wszystko nie miało sensu. Mapa Gonzala pokazywała ścieżkę biegnącą równolegle do kanionu, a nie przecinającą go. To dlatego przecież podjęli ogromne ryzyko, żeby przejść przez rzekę w jej dolnym biegu. Nagle przypomniał sobie, co mu opowiedział Mama Kojek. Po tym jak Gonzalo znalazł święte miasto, Kogi opuścili je i tak zamaskowali ścieżki w dżungli, by konkwistadorzy na nich pobłądzili. Czy to znaczy, że ścieżka zaznaczona na mapie Gonzala jest właśnie jedną z tych fałszywych? A ta, na której teraz stoją, prowadzi do Zaginionego Miasta? Jeśli tak, to najwyraźniej zawracała do wąwozu...

Przygnębiony Beck ruszył w tamtym kierunku, a za nim bliźnięta. Huk rzeki stawał się coraz głośniejszy. Wkrótce przestali słyszeć własne głosy. Beck czuł, jak mocno bije mu serce. Zadanie odnalezienia wujka Ala i burmistrza Rafaela właśnie kończyło się fiaskiem. Wpadli w tę samą pułapkę co Gonzalo, bo dalej droga musiała się urywać. Przejście przez rzekę tak wysoko w górach było przecież absolutnie niemożliwe.

Kiedy zbliżyli się do krawędzi wąwozu, Beck ledwo zdołał dostrzec stromą skałę po drugiej stronie. W miejscu, gdzie stara ścieżka dochodziła do urwiska, zobaczył grube liany zwisające z gałęzi drzew i podtrzymujące wygięty niebezpiecznie most nad otchłanią. Ostrożnie podeszli jeszcze bliżej. W dole zobaczyli wodospad, który rozbijał się o skały, a nad nim tumany wodnego pyłu.

– Ten most zbudowali pewnie ludzie Mamy Kojka – zawołał Beck, przekrzykując dudnienie wody. – Ale od lat najwyraźniej nikt go nie używał.

Przerwał mu upiorny wrzask i przeraźliwe piski dobiegające gdzieś z koron drzew. Christina skrzywiła się i zatkała sobie uszy. Beck zrobił to samo. Z gałęzi drzew nad ich głowami zwisał rząd kołyszących się czerwonych sznurów. Znów rozległ się ten sam straszliwy wrzask, a potem gałęzie się zatrzęsły i pojawiły się na nich dziesiątki ciekawskich oczu.

– To stado rudych wyjców – krzyknął. – Najlepiej jak najszybciej przejść na drugą stronę rzeki. Jeśli zaczną w nas rzucać gałęziami, może się zrobić niebezpiecznie. Ogon tej małpy jest jak trzecia ręka, a pozostałymi dwoma mogłaby znokautować mistrza wagi ciężkiej, i to w pierwszej rundzie.

Odwrócił się i ponownie spojrzał w głąb kanionu.

– Most na pewno nie wytrzyma ciężaru całej naszej trójki. Musimy przejść po kolei.

Marco zerknął na rozwarty pysk i drgające nozdrza nad swoją głową w momencie, gdy ponad huk wody przebił się kolejny przeraźliwy wrzask. Siedząca na gałęzi małpa, pokryta gęstą ognistorudą sierścią, przyglądała się wrogo ludziom poniżej.

Zbliżał się wieczór, nie było już więc czasu do stracenia.

– Jak tylko zobaczycie, że przeszedłem bezpiecznie na drugą stronę, ruszajcie za mną – krzyknął Beck do bliźniąt. – Ale nie wcześniej.

Jął się powoli przesuwać nad otchłanią. Most był śliski i zdradliwy, cały czas trzeba więc było się trzymać lian po obu stronach. Pomiędzy drewnianymi szczeblami i splecionymi pnączami, na których ostrożnie stawiał nogi, widział huczący daleko w dole wodospad.

Kiedy dotarł do najniższego punktu i zaczął się dalej wspinać, poczuł, że mocno ugięta konstrukcja niepokojąco się kołysze. Ale do celu było już niedaleko...

Wtem największy z wyjców rzucił się z drzewa, nadal jednak przytrzymując się ogonem gałęzi, i zawisł dokładnie nad miejscem, w którym szykowały się już do przeprawy bliźnięta. Na moment znieruchomiał, po czym wyciągnął długie, chude łapsko i złapał za most.

Trzymając się lian, zaczął po nim skakać, piszcząc i poszczekując. Po chwili przyłączyła się do niego druga małpa, potem następna, aż w końcu mostem kołysało już całe stado. Beck mógł tylko trzymać się kurczowo lian po obu stronach, by nie wystrzelić w powietrze jak z procy i nie polecieć w dół. Za sobą słyszał, jak bliźnięta wrzeszczą na rude wyjce, by je przegonić.

Ale było już za późno. Most zerwał się i runął pod jego stopami.

ROZDZIAŁ SIEDEMNASTY

Beck spadał w przepaść. W żyłach buzowała mu adrenalina, a pędzące ściany kanionu zlewały się w jedną, niewyraźną całość. Luźny koniec mostu nagle zahuśtał się pod nim i chłopiec ostatkiem sił rzucił się desperacko do przodu.

Gwałtowny wysiłek pozbawił go powietrza w płucach. Ręka zahaczyła o ostatni szczebel mostu, który wciąż wisiał na krawędzi przepaści, i ciało wyhamowało z bolesnym szarpnięciem. Teraz od upadku na skały, daleko w dole, i pewnej śmierci dzielił Becka ledwo jeden cienki kawałek liany.

Trzymał się go kurczowo. Powyżej, ciągle wrzeszcząc i poszczekując, wyjce wdrapywały się po szczątkach mostu. Beck wisiał na jego wciąż huśtającym się końcu i usiłował znaleźć w skalnej ścianie jakieś oparcie dla nóg.

Wracała trzeźwość umysłu. Gdzieś w głowie słyszał wołający do niego z oddali głos ojca. Ten sam spokojny głos, który dodawał mu otuchy, kiedy jako mały chłopiec uczył się wspinaczki. Zamknął oczy i przestał myśleć o huczącym w dole wodospadzie.

– To dla ciebie, tato – wyszeptał. – Dla ciebie. Obiecuję, że z tego wyjdę.

Mozolnie zaczął się podciągać, kawałek po kawałku, chwytając lianę nad sobą na przemian jedną i drugą ręką. Wszystkie myśli skupił na tym morderczym wysiłku, bo teraz liczyło się tylko przetrwanie. Następny szczebel, następnych kilka centymetrów. W końcu dotarł niemal do szczytu urwiska. Jeszcze chwila i sięgnie zarośli... Ale był już zbyt wyczerpany. Wyjce, które zdążyły tymczasem obsiąść pobliskie drzewa, wrzeszczały szyderczo. Jakże żałosna była ta naga małpa, tak rozpaczliwie walcząca o życie.

Nadludzkim wysiłkiem Beck raz jeszcze wyrzucił rękę do góry, chwycił się skały i wciągnął się na nią. Mozolnie podczołgał się kawałek, nie mogąc złapać tchu. Miał wrażenie, że serce zaraz wyskoczy mu z piersi. Ledwo słyszał, dobiegający teraz z daleka, przytłumiony huk wodospadu. Po drugiej stronie kanionu z trudem rozpoznawał maleńkie sylwetki przyjaciół. Marco wołał coś do niego, ale jego głos ginął w hałasie.

Nagle Beck poczuł, że przesuwa rękę ku piersiom, jakby jego ciałem kierował ktoś inny. Drżącą dłonią wyjął spod koszuli amulet i uniósł go nad głową. Wyłupiaste oczy ropuchy zalśniły w ostatnich promieniach słońca.

Bliźnięta musiały to zauważyć, a on chciał wierzyć, że rozumieją, co im mówi. Jedyne, co mógł zrobić, to iść dalej sam. Wszystko zależało teraz od niego. Musi jakoś dotrzeć do Zaginionego Miasta, odnaleźć wujka Ala i burmistrza Rafaela. A potem coś wymyślić, żeby ich uwolnić i przechytrzyć porywaczy. Ale jeśli poradził sobie do tej pory, poradzi sobie i z tym. Marco i Christina będą musieli poczekać na jego powrót, wykorzystując to, czego ich zdążył nauczyć. Też sobie jakoś poradzą.

Beck schował amulet pod koszulę i po raz ostatni obrzucił spojrzeniem kanion. Bliźnięta machały na pożegnanie. Marco uśmiechał się szeroko i potrząsał uniesionymi rękoma z zaciśniętymi pięściami, jakby dopingując wyczerpanego maratończyka na ostatnim odcinku przed metą. Christina przytknęła dłoń do ust i posłała Beckowi całusa.

Beck ruszył powoli przed siebie. Całą siłą woli skupił się na torowaniu sobie drogi przez gęste zarośla. Na szczęście miał maczetę – ocalała przytroczona do pasa – ale martwił się, że będą się bez niej musiały obyć bliźnięta.

Stara ścieżka Indian Kogi, wiodąca od mostu w głąb dżungli, w dalszym ciągu była ledwo widoczna. W górze bezustannie wrzeszczały wyjce, coraz głośniej, w miarę jak oddalał się od huczącego wodospadu. Gasły ostatnie promienie słońca i znów zapadała tropikalna noc.

Zmęczone ciało posuwało się do przodu jak automat, a umysł zaczął odlatywać. Beck nie był już w dżungli, ale w szkole, kilka tygodni temu. Jego drużyna rugby właśnie wygrała mecz, a on sam wkrótce miał wyjechać na egzotyczną wyprawę z wujem Alem. W domu zaczynała się teraz wiosna i koledzy przygotowywali się do sezonu krykietowego. Ta myśl ożywiła wspomnienia. Poczuł zapach oleju lnianego i usłyszał, jak skrzypią mu buty z kolcami, gdy na boisku przed szkolnym pawilonem przymierza się do uderzenia. Kibice wykrzykują jego imię i...

Coś brutalnie wyrwało go z tych przyjemnych rozmyślań. W głowie zadudnił mu oschły głos sierżanta z obozu kadetów w górach Szkocji. „Każdy głupi umie o siebie nie zadbać, Granger. Nic prostszego. Wystarczy się walnąć w jakimś rowie i użalać nad własnym losem. Po co ci schronienie, po co ci woda, ogień i jedzenie? Zamknij oczy i zapomnij o wszystkim. Już nigdy więcej nie będziesz się musiał budzić...".

Beck nagle otrzeźwiał. Głos sierżanta rozpłynął się w pokrzykiwaniach wyjców miotających się w gałęziach drzew. Małpy zachowywały się coraz bardziej agresywnie, groźnie szczerząc zęby, jakby obwiniając chłopca o to, że przez niego znalazły się po niewłaściwej stronie kanionu.

Beck na dobre powrócił już do rzeczywistości. Wiedział doskonale, jakie figle potrafi płatać umysł skrajnie wyczerpanego człowieka. Jeśli teraz położy się i zamknie oczy, szybko pochyli się nad nim i czule utuli go do snu śmierć. Zaśnie szczęśliwy, pogrążony w błogich wspomnieniach. Wszyscy będą się uśmiechać. Znikną wyjce i jaguar, psy będą mu czule lizały twarz, koty będą mruczały, w powietrzu będzie się unosił rozkoszny zapach gotowanego posiłku i świeżo skoszonej trawy...

Beck jęknął. Świetnie sobie zdawał sprawę z tego, że jeśli się zaraz nie otrząśnie z tego odrętwienia, będzie po nim. Musiał natychmiast przygotować sobie jakieś bezpieczne schronienie i ogrzać się, bo inaczej nie doczeka rana. Wymacał ręką znajomy kształt krzesiwa na sznurku pod szyją i szybko wziął się do pracy.

Gdy w końcu zapłonęło ognisko, zapadła już noc. Ogień odstraszył wyjce; czmychnęły gdzieś i znów słychać było tylko zwykłe odgłosy dżungli. Po raz pierwszy od chwili, gdy zerwał się most, Beck przestał drżeć. W świetle płomieni wyciął sobie maczetą nowy kij i szybko zabrał się do oczyszczania nim kawałka ziemi. Ostatkiem sił zbudował sobie nad nim prostą platformę z gałęzi, która miała go odizolować od pełzającego w ściółce robactwa. Trudno to było nazwać komfortowym miejscem do spania, ale na tę jedną noc musiało mu wystarczyć.

Ognisko przygasło, a Beck w końcu mógł sobie pozwolić na sen. Dręczyły go koszmary. Widział wujka Ala jadącego na złotej ropusze, której rechot do złudzenia przypominał obrzydliwe wrzaski wyjców. Uciekali przed zwinnym cieniem jakiegoś ogromnego kota, który czaił się w ciemnościach, a jego oczy lśniły jak dwa brylanty. Potem poczuł na sobie świdrujące spojrzenie, a gdy podniósł wzrok, znów znalazł się na placu w Cartagenie. W górze przesuwała się twarz Mamy Kojka.

Nagle się obudził. Usłyszał nad głową jakąś kotłowaninę i odgłos patyków uderzających o ziemię tuż obok miejsca, w którym leżał. W półmroku świtu wrócili jego prześladowcy i znów przyglądali mu się nieprzyjaźnie z drzew. Beck miał ich naprawdę dosyć. Krzycząc i pohukując jak wyjce, zaczął w nie rzucać czym popadnie. Wystarczyło parę minut, by opadł z sił.

Ale chłodny poranek sprawił też, że Beck odzyskał sprawność umysłu. W nocy kilkakrotnie budził go ryk jaguara, który gdzieś niedaleko krążył po dżungli. Za każdym razem upiorny dźwięk dochodził z innej strony. I za każdym razem wydawał się coraz bliższy. Beck myślał teraz gorączkowo. Nie mógł sobie pozwolić na błąd, na złą decyzję. Jeśli wyjce nadal będą za nim podążać, w końcu zwróci to uwagę jaguara.

Miał tylko jedną możliwość. Udawanie martwego nie było strategią przetrwania, jaką by zastosował w normalnych okolicznościach. Zwłaszcza w przypadku stada agresywnych młodych wyjców. Kiedyś w afrykańskim buszu zrzucił go koń, gdy niespodziewanie natknął się na lwa śpiącego w wysokiej trawie. Wówczas ocalił życie, właśnie udając martwego. Czuł oddech drapieżnika na karku, a serce niemal przestało mu bić, ale w końcu lew stracił zainteresowanie i odszedł.

Teraz należało postąpić tak samo. Przekonując sam siebie, że jaguar na pewno coś upolował w nocy i o tej porze, najedzony, odsypia polowanie, Beck położył się nieruchomo i przestał reagować na pokrzykiwania małp. Muszą się przecież w końcu znudzić i zostawić w spokoju to nieowłosione stworzenie na dnie dżungli. W nocy znów słyszał w głowie głos Mamy Kojka. Teraz ściskał w dłoni amulet Gonzala i czuł na sobie świdrujące spojrzenie Indianina.

Tracił już nadzieję, gdy wreszcie wrzaski wyjców zaczęły z wolna się oddalać. Stopniowo ucichł trzask łamanych gałęzi i stukot patyków uderzających o ziemię. Beck wydał długie, głębokie westchnienie ulgi.

Po chwili, nie do końca świadom tego, co robi, wymacał pod koszulą amulet. I po raz pierwszy od tamtej nocy w chacie Mamów przyłożył złotą ropuchę do warg.

A potem dmuchnął.

ROZDZIAŁ OSIEMNASTY

Beck zgadywał, że musi już być koło południa. Zostawił za sobą obozowisko, szybko odnalazł indiańską ścieżkę i podążając nią, znów zanurzył się w dżungli. Wyjce zniknęły, a zarośla przerzedziły się, za to drzewa były tu jeszcze wyższe. Nad nimi od czasu do czasu wyłaniało się zza chmur błękitne niebo. Rzeźbione kamienie, z których ułożono ścieżkę, łatwiej teraz było wypatrzyć pośród mchu i porostów.

Beck szedł podporządkowany całkowicie instynktowi przetrwania. Bez przerwy machał przed sobą kijem, tuż nad ziemią, jak zombi z wykrywaczem metalu. Dopóki maszerował ścieżką Indian Kogi, wiedział, że wcześniej czy później na pewno dotrze do Zaginionego Miasta. Ale znów zaczął rozmyślać.

Powrócił myślami do przyjaciół. Co się z nimi teraz działo? Czy zdołali sami rozbić obóz? Wiedział, że Marco wciąż niósł w zawiniątku żarzącą się głownię. Przy odrobinie szczęścia powinien więc był rozpalić ognisko i oboje bezpiecznie przetrwali noc. Przypomniała mu się Christina i to, jak posłała mu całusa z drugiego brzegu kanionu. Ciekawe, czy...

Zatrzymał się gwałtownie. Kij uderzył o coś twardego. Bliźnięta momentalnie odpłynęły w niebyt. Ścieżkę jakby niespodziewanie przegrodził ceglany mur. Beck stał przez chwilę, zaskoczony, nie mogąc uwierzyć własnym zmysłom. Potem go olśniło: słowa i liczby na mapie Gonzala, które zdawały się być pozbawione sensu w dniu, gdy ją znaleźli w hacjendzie. Rozłożył mapę. Obok naszkicowanej pośpiesznie ropuchy widniał podpis „*Escalera con mil pasos*". Schody o tysiącu stopni.

Podniósł wolno wzrok i spojrzał w górę. Na wprost niego ciągnęły się i znikały w oddali murowane schody, które najwyraźniej wspinały się na potężną górę ginącą w chmurach. Stopnie pokrywał kobierzec zieleni, a tu i ówdzie korzenie drzew obejmowały je koślawymi szponami.

Beck wziął głęboki oddech i zaczął się wspinać.

1, 2, 3...

Miał wrażenie, że wchodzi po schodach w jakiejś monstrualnej katedrze, której atmosfera przytłacza go i onieśmiela. W półmroku zwisały potężne liany, grubsze, niż Beck kiedykolwiek wcześniej widział. W górze konary olbrzymich drzew wyciągały się z obu stron ku sobie niczym miecze gwardii honorowej złączone w ceremonialny baldachim.

148, 149, 150...

Wspinał się coraz wyżej, rozglądając na boki. Z trudem dostrzegał ruiny tarasów i kamiennych palenisk, wokół których kiedyś musiały stać chaty Indian Kogi.

373, 374, 375...

Przystanął na chwilę, by odpocząć i otrzeć pot z czoła. Nagle spomiędzy drzew zaświeciło słońce i zobaczył cień wielkiego przyczajonego kota. Skulił się bezradnie, czekając na nieuchronny atak. Ale jaguar nie skoczył i nie wbił mu pazurów w ciało. Cień na stopniach powyżej nawet nie drgnął. Beck ostrożnie podniósł głowę. To był kamienny jaguar. Wokół stały inne rzeźby, także porośnięte zielenią. Rozpoznał skrzydła olbrzymiego kondora. Zęby w paszczy węża. Ogon małpy. Zdawało się, że całe miasto zastygło nieruchomo, jakby jakiś demon gór obrócił tu w kamień wszystkich mieszkańców dżungli.

498, 499, 500...

Beck zatrzymał się i wytężył słuch. Pokonał już połowę drogi na szczyt i coraz silniej ogarniały go wątpliwości. Zaszedł tak daleko, ale czy cały ten wysiłek nie pójdzie na marne? Co właściwie miałby zrobić, gdyby nagle stanął twarzą w twarz z porywaczami? Jak zdoła uwolnić z ich rąk wujka Ala i burmistrza Rafaela? Prawą ręką wymacał rękojeść maczety przy pasie. Od teraz trzeba będzie zachować szczególną ostrożność.

748, 749, 750...

Beck wspinał się powoli, kuląc się w cieniu rzeźb przy schodach. Rozglądał się nerwowo na wszystkie strony. Wysoko w górze widział zarysy wygiętych kamiennych murów zarośniętych przez dżunglę. Te ceremonialne tarasy musieli wybudować przed wiekami rzemieślnicy Kogi. Ale od kiedy ludzie opuścili miasto, oplotły je korzenie potężnych drzew, niczym macki gigantycznej ośmiornicy.

973, 974, 975...

Schody zwęziły się, a teren zaczął się wyrównywać. Beck miał teraz przed sobą wąskie przejście między dwoma potężnymi murami. Wspierały się na nich po obu stronach ceremonialne tarasy, połączone przy końcu schodów kamiennym łukiem. Z jego osypujących się kamieni zwisało gęste listowie, tworzące jakby ciemnozieloną zasłonę.

988, 989, 990...

Aż podskoczył, gdy coś nagle zaskrzeczało mu nad głową. Z gałęzi wielkiego drzewa pochylającego się nad przejściem sfrunął kłębek kolorowych piór. To był Ringo. Papuga przeleciała kawałek, usiadła na szczycie kamiennego łuku i wciąż machając skrzydłami, przeraźliwe skrzeczała.

Beck zamarł. Poczuł gęsią skórkę i lodowaty pot spływający mu po karku. Potem usłyszał dźwięk jakby szurającego buta i cichy trzask nadepniętej gałązki. Ringo znów darł się wniebogłosy. Beck chwycił mocniej rękojeść maczety i podjął wspinaczkę.

997, 998, 999...

Stanął i słuchał. Czuł, jak łomoce mu serce, a w skroniach pulsuje krew. Postawił nogę na ostatnim stopniu schodów. Powoli uniósł maczetę ku zasłonie z pnączy zwisających z łuku i niezwykle ostrożnie rozchylił je czubkiem klingi.

Na kamiennym krześle, niczym średniowieczny król na tronie, siedziała w półmroku jakaś zakapturzona postać. Jej świecące oczy patrzyły prosto na Becka. Poczuł ulgę. Wreszcie był bezpieczny. Mama Kojek usłyszał wezwanie amuletu i całą drogę podążał za nimi. Bliźnięta zostały uratowane. Wujek Al i burmistrz Rafael są wolni. Złota ropucha wkrótce wróci do swego domu.

1000...

Zrobił jeszcze krok, by stanąć pod kamiennym łukiem i przywitać się z Mamą Kojkiem, gdy z ciemności po bokach nagle wyskoczyły dwie zwaliste postacie, pochwyciły go i brutalnie wykręciły mu ręce do tyłu.

Zakapturzony człowiek powoli podniósł się z kamiennego krzesła i przemówił.

– *Buenos días, amigo* – warknął Ramirez.

ROZDZIAŁ DZIEWIĘTNASTY

Beckowi szumiało w głowie. Miał wrażenie, jakby ktoś rozcinał mu czaszkę jaskrawym światłem lasera. Był otępiały i z trudem usiłował sobie przypomnieć, gdzie się znajduje. I jak się nazywa. Chyba stoczył jakąś walkę. Jacyś mężczyźni krzyczeli, trzymali go za ręce, a on szarpał się z nimi. W końcu zdołał się im wyrwać i uciec. Biegł tak szybko, że omal nie pękły mu płuca. A potem? Sceny urywały się. Dalej już nic nie pamiętał.

Czuł twardą skałę pod sobą i ból przeszywający całe ciało. Uszy rozdzierał mu pisk jakby dentystycznego wiertła. Ilekroć próbował się poruszyć, dźwięk nasilał się, pulsujące światła jaśniały, a w głowie łomotało mu jeszcze mocniej. Chciał ją pomacać, żeby sprawdzić, czy nie jest ranny, i wtedy poczuł wrzynającą się w nadgarstki stal kajdanek.

Zebrał wszystkie siły, by usiąść prosto, i jęknął przeciągle. Oczy miał mocno zawiązane czymś, co wrzynało mu się boleśnie w skronie. Usłyszał kapanie wody, a nozdrza wyłowiły wilgoć w powietrzu. Szum w głowie powoli ustępował i umysł zaczął rejestrować inne, cichsze odgłosy otoczenia. Czyjś miarowy oddech w pobliżu. Więc nie był tu sam...

– Beck? To ty, Beck?

Ten głos rozpoznałby wszędzie.

– Wujek Al?

– Beck, chłopcze. Co ty tu robisz? – głos wuja Ala drżał z podniecenia. Beck poczuł, że do oczu napływają mu łzy. Próbował coś powiedzieć, ale wuj i burmistrz Rafael zasypali go pytaniami. Zadawali je jeden przez drugiego. Czy nic mu się nie stało? Czy są z nim bliźnięta? Jak mu się udało ich odnaleźć? Czy ratunek jest już w drodze?

Miotany sprzecznymi uczuciami ulgi i rozpaczy, Beck starał się wszystko im opowiedzieć, najlepiej jak umiał. Burmistrz Rafael aż zachłysnął się ze zdumienia, kiedy usłyszał o mapie Gonzala i złotej ropusze. Potem Beck zrelacjonował im pokrótce, jak uciekli ludziom Ramireza pilnującym hacjendy i jak na pokładzie „Bella Señory" dopłynęli do zatoki niedaleko wioski Indian Kogi, gdzie złapał ich sztorm i tratwa się rozbiła.

Obaj mężczyźni słuchali w skupieniu, kiedy dalej mówił o Mamie Kojku, swej podróży do świata Aluny i odkryciu prawdy o amulecie Gonzala. Gdy dotarł do momentu, w którym po zawaleniu się indiańskiego mostu bliźnięta pozostały odcięte na drugim brzegu rzeki, burmistrz Rafael stęknął z przerażenia. A kiedy opowieść doszła do momentu powtórnego spotkania z Ramirezem, u szczytu schodów w mieście, zapadła głęboka cisza.

W końcu odezwał się burmistrz Rafael.

– Ramirez planował to od lat. Ciągle mnie wypytywał o Gonzala. Kiedy się zorientował, że zamierzam wyruszyć do Zaginionego Miasta, zrozumiał, że to jego ostatnia szansa i musi działać szybko.

– Jak pan zdołał odnaleźć miasto bez mapy Gonzala? – spytał Beck.

– Wiedziałem o niej od lat – odparł burmistrz. – Kilka tygodni temu w końcu znalazłem ten sekretny schowek, ale uznałem, że nie mogę o tym nikogo informować, bo to zbyt niebezpieczne. Nie wspomniałem nawet Marii ani bliźniętom. Ale kiedy w Kolumbii zjawił się profesor Granger, doszedłem do wniosku, że pora zorganizować wyprawę. Gdybyśmy oficjalnie odnaleźli Zaginione Miasto, rabusie nie mogliby go już splądrować. Niestety, nie doceniłem Ramireza. To był mój największy błąd.

– Więc powiedział pan Ramirezowi, gdzie się znajduje Zaginione Miasto? – zdziwił się Beck.

– Nie przyznałem mu się, że mam mapę. Ale wynająłem już tragarzy i innych członków wyprawy do dżungli. Jednego z nich Ramirez przekupił. Zorientował się więc, że z grubsza wiem, gdzie szukać miasta, choć nie miał pojęcia, jak na to wpadłem. Wystarczyło więc upozorować porwanie, z którym Ramirez oficjalnie nie miał nic wspólnego. Po tamtej strasznej nocy na placu przetrzymywał nas w celi, dopóki nie zgodziłem się zdradzić mu położenia miasta.

Beck usłyszał stłumione kaszlnięcie, jakby burmistrz próbował powstrzymać łzy.

– Bałem się, co może zrobić Marii i bliźniętom. Nie miałem wyboru.

– To jak w końcu znalazł pan miasto? – spytał Beck. – I jak tu dotarliście?

– Nikt nie wierzył, że można się do niego dostać od strony morza – mówił dalej burmistrz Rafael. – Góry są zbyt wysokie, a dżungla zbyt gęsta. To cud, że udało ci się w niej przeżyć. Byłem przekonany, że jedyna droga wiedzie z drugiej strony gór. Ludzie Ramireza mają tam bazę helikopterów. Oficjalnie zajmują się tropieniem baronów narkotykowych i niszczeniem ich nielegalnych upraw. Kiedy więc Ramirez wymusił ode mnie informacje, nie było to już takie trudne. Policja ma kamery na podczerwień. Przez kilka dni latali nad dżunglą w górach i sprawdzali kawałek po kawałku, aż w końcu znaleźli to miejsce. Potem przywieźli tu także nas.

Zapadło ponure milczenie, przerywane tylko cichym kapaniem wody z kamiennego sklepienia jaskini. Potem znów odezwał się wuj Al.

– Beck, grozi nam ogromne niebezpieczeństwo. Kiedy Ramirez znajdzie złoto, zabije nas. Porwania zdarzają się w Kolumbii każdego dnia. Ludzie znikają na całe miesiące, a nawet lata. Ramirez dalej będzie udawał, że nas poszukuje, a jeśli w końcu odnajdą się nasze ciała, całą winę zwali na baronów narkotykowych.

Beck próbował odpędzić czarne myśli. Przetrwali tyle ciężkich chwil, wyszli cało z tylu opresji, a teraz wszystko to miałoby się tak skończyć? Wymamrotał, że dla dobra bliźniąt nie wolno im tracić nadziei i że na pewno uda się znaleźć jakiś sposób... Nagle poczuł przeraźliwy ból w głowie i ogarnęła go ciemność.

Stracił poczucie czasu. Powróciły koszmary. Znów był w płonącej wiosce Kogi. Wokoło krzyczały kobiety i płakały dzieci, rozpaczliwie usiłując uciec przed siejącymi śmierć mieczami i muszkietami konkwistadorów Gonzala. Znów patrzył w oczy złotej ropuchy... Które zmieniały się w gadzie oczy Ramireza... Które z kolei zmieniały się w oczy Mamy Kojka... Które teraz...

Ocknął się nagle. Usłyszał stukot butów o kamień i ktoś uderzył go mocno w żebra. Jakieś dwa gniewne głosy mówiły coś szybko po hiszpańsku. Burmistrz Rafael zaśmiał się pod nosem.

– Ramirez nie może znaleźć złota. Tyle zachodu i nic z tego?

Odpowiedziało mu przekleństwo, po którym Beck usłyszał nieprzyjemny odgłos buta lądującego w brzuchu burmistrza. Chłopiec wzdrygnął się, gdy Rafael wydał przeraźliwy jęk bólu, który odbił się echem od kamiennych ścian jaskini.

Teraz ktoś podniósł Becka.

– *Vamos, Inglés* – wysyczał mu do ucha obcy głos, a ręka pchnęła go do wyjścia.

– Odwagi, Beck, mój chłopcze! – dobiegł go cichnący szybko głos wuja Ala. Spędziwszy tyle czasu w pozycji siedzącej, Beck poczuł, że kręci mu się w głowie. Przez opaskę na oczach prześwitywało słońce – kąt, pod jakim padały promienie, i zapach dżungli powiedziały mu, że zapadał już wieczór. Wokół słyszał mężczyzn pokrzykujących po hiszpańsku i brzęk metalu uderzającego o kamień, czuł też woń świeżo rozkopanej ziemi.

Poprowadzili go do góry jakimiś schodami, a kiedy się poślizgnął i potknął, silne ręce postawiły go z powrotem. Zatrzymali się i ktoś zaczął majstrować przy jego nadgarstkach. Zdjęto mu kajdanki. Ręce miał zdrętwiałe, ale czuł, że do palców powoli wraca krążenie.

Po chwili zdjęto mu także opaskę z oczu. Beck zamrugał gwałtownie i rozejrzał się. Ze wszystkich stron otaczały ich górskie szczyty. Było już niemal ciemno; niebo rozjaśniały ostatnie promienie krwistoczerwonego słońca, które właśnie znikało za horyzontem. Stał na jednym z tych wysokich, półokrągłych tarasów, które widział, wspinając się po schodach o tysiącu stopni. Poniżej rozciągały się korony drzew w dżungli. Wokół jacyś mężczyźni w świetle reflektorów badali grunt wykrywaczami metalu i rozkopywali miękką ziemię.

Ale uwagę Becka zwróciło jeszcze coś. Na tle czerwonego nieba rysowały się wyraźnie kontury potężnej skały. Wznosiła się tuż obok, na osobnym tarasie. Nie było mowy o pomyłce. Ten charakterystyczny kształt zobaczył po raz pierwszy w karnawałowym tłumie w Cartagenie, potem na rodowym herbie burmistrza i w końcu pod postacią złotego amuletu Gonzala.

Przypomniały mu się słowa Mamy Kojka. To musiała być *la rana*, kamienna ropucha, święta bogini płodności Indian Kogi. A na jej głowie, między parą wyłupiastych oczu, siedział cicho Ringo.

– *Buenos días, amigo.*

Beck odwrócił się. Ramirez patrzył na niego z wyrazem nieukrywanej złośliwości na twarzy. Rzucił jakiś rozkaz swym ludziom i dwóch osiłków, którzy przyprowadzili chłopca z więzienia, zaczęło go obszukiwać. Jeden z nich aż krzyknął z radości, gdy natrafił na pas z przypiętą mapą Gonzala. Szef policji uśmiechnął się z satysfakcją. Rzucił okiem na znalezisko, po czym oddał je osiłkom, którzy zaczęli coś pokazywać w różnych kierunkach i wydawać polecenia ludziom rozkopującym tarasy.

Beck nie mógł się opanować. Czuł tylko bezgraniczną pogardę dla Ramireza.

– *Oro no más* – rzucił drwiąco. – Złota nie ma.

Ledwo to powiedział, pożałował, że się odezwał. Wściekły Ramirez skoczył ku niemu, złapał go ręką za szyję i uniósł do góry.

Zaciśnięta dłoń wyczuła coś pod koszulą i Beck zrozumiał, że to koniec. Na twarzy Ramireza znów pojawił się obleśny uśmiech. Znalazł wiszący na szyi amulet i powoli postawił chłopca z powrotem na ziemi.

– *El oro de Gonzalo, por favor* – odezwał się z udawaną uprzejmością, gestem pokazując Beckowi, by oddał mu amulet.

Beck wiedział, że nie ma wyboru. Nieśpiesznie odpiął górny guzik koszuli, zdjął z szyi złoty łańcuszek i zamachał ropuchą przed oczami szefa policji. Ten patrzył jak zahipnotyzowany.

– *La rana* – wyszeptał przejęty. – *El oro de la rana!*

Nagle jego słowa utonęły w głośnym skrzeczeniu i trzepotaniu skrzydeł. Ramirez zamachał rękoma, próbując odpędzić niespodziewanego napastnika, a w powietrzu zrobiło się kolorowo od ptasich piór. Beck nie zmarnował okazji. Korzystając z tego, że uwagę Ramireza pochłonął atakujący go z furią Ringo, przyłożył amulet do ust. I dmuchnął.

W jednym momencie wszystko ogarnął chaos. Na tarasach poniżej buchnął ogień – dżungla ożyła i nagle ze wszystkich stron wyrosły płonące pochodnie. Ludzie Ramireza krzyczeli i biegali, a ich szef wyszczekiwał z góry rozkazy.

Beck nie tracił ani chwili. Skoczył z krawędzi tarasu i popędził przed siebie. Kopacze porzucili narzędzia i rozbiegli się. Na tle nieba Beck zauważył sylwetkę Ramireza, który wyciągał broń z kabury przy pasie. Potem skoczył na taras z kamienną ropuchą, zachwiał się, ale odzyskał równowagę, a w jego okrutnych oczach błysnęło szaleństwo.

Beck patrzył osłupiały, jak z dżungli wypływa morze białych tunik oświetlonych pochodniami. Ognisty pierścień zbliżał się ze wszystkich stron, jak gdyby płonęło każde rosnące w okolicy drzewo. Spojrzał w dół, na schody o tysiącu stopni. Zdawało się, że rzeźby po obu stronach ożyły i wraz z Indianami Kogi wspinają się tamtędy wszystkie zwierzęta z dżungli.

Nagle Beckowi zadrżało serce. U szczytu schodów, pod ceremonialnym łukiem, dojrzał Mamę Kojka i jego lśniące oczy. A potem ogarnęła go fala radości, gdy kilka kroków dalej rozpoznał Marca i Christinę.

Beck krzyknął na nich i wyskoczył ze swej kryjówki. Ochroniarze Ramireza próbowali go złapać, ale wymknął im się i chwilę później ściskał się już z bliźniętami. Otoczeni tłumem Indian Kogi zatańczyli za szczęścia. Mama Kojek usiadł tymczasem na kamiennym krześle pod łukiem. Na surowej twarzy szamana Beck po raz pierwszy, odkąd go poznał, zobaczył cień uśmiechu.

To się stało dosłownie w mgnieniu oka. Jeden z ludzi Ramireza krzyknął ostrzegawczo z góry i gdy spojrzeli w tamtą stronę, z głębi dżungli, po drugiej stronie tarasów, wyskoczył jakiś ciemny kształt, poruszający się miękkimi, kocimi ruchami. Były tak szybkie, że Beck miał wrażenie, jakby na tle księżyca przemknął tylko cień, a nie żywa istota. Kształt śmigał zwinnie z tarasu na taras i wystarczyła tylko chwila, by dopadł do swej ofiary.

Rozległ się przeraźliwy krzyk, gdy zęby jaguara wbiły się w czaszkę człowieka i zmiażdżyły ją. Drapieżnik stanął triumfalnie na tylnych łapach i wydał przeciągły, donośny ryk, który poniósł się daleko w księżycową noc.

Znów zrobiło się cicho. Nikt nic nie mówił. Beck i bliźnięta stali, jakby nogi wrosły im w ziemię. Wysoko w górze na tle nieba rysował się kształt siedzącej *la rany*. Potem Beck usłyszał cichy dźwięk, jakby wody kapiącej z kranu. „Kap, kap, kap". Spojrzał w dół, skąd dobiegał ów odgłos. Schodami o tysiącu stopni spływała powoli strużka krwi.

Gad Ramirez nie żył.

ROZDZIAŁ DWUDZIESTY

Beck znów stał u podnóża monstrualnych schodów. Ale tym razem były przy nim bliźnięta. Powyżej, aż do niewidocznego stąd łuku u szczytu, stali Kogi z zapalonymi pochodniami. Posągi mieszkańców dżungli, oczyszczone już z roślinności, prężyły się po bokach niczym gwardia honorowa. W atramentowej czerni mrugały osobliwe cienie rzucane na drzewa, których korony splatały się w górze.

Wcześniej tego wieczoru, po tym jak ludzie Ramireza albo się poddali, albo uciekli do dżungli, uwolniono wuja Ala i Don Rafaela. Uściskom i łzom radości nie było końca. Burmistrz Rafael znalazł przy zwłokach Ramireza krótkofalówkę i skontaktował się z jednym ze swych współpracowników w biurze w Cartagenie. Wyprawa ratunkowa była już w drodze.

– Zdaje się, że Mama Kojek na nas czeka – Beck usłyszał za sobą. Odwrócił się i zobaczył szeroko uśmiechniętego Marca.

– Pora, by Młodszy Brat naprawił zło – odezwała się z drugiej strony Christina.

Coś zaskrzeczało głośno w pobliżu. Ringo siedział tym razem na ramieniu burmistrza Rafaela. Obok stał wuj Al, a na jego twarzy malowała się lekka konsternacja.

– Przepraszam. Zdaje się, że nie zostaliście jeszcze sobie przedstawieni – powiedział Beck. – Wujku, to jest Ringo. Ringo, to wujek Al.

– Bardzo mi przyjemnie – odparł wuj Al, rozpromienił się i wyciągnął rękę.

Ringo przekrzywił główkę, zmierzył nieznajomego podejrzliwym spojrzeniem, a potem ostrożnie uniósł nogę i pazurami złapał palec wuja Ala.

– Wujku, to jest Ringo. Ringo, to wujek Al – wychrypiał głośno. Wuj Al uchylił kapelusza i uśmiechnął się.

– Przynajmniej znów sobie przypomniał, jak się mówi – rzekł Marco. – Przez całą drogę w dżungli tylko skrzeczał.

Całą grupką ruszyli schodami na górę. Beck szedł na czele z amuletem Gonzala zawieszonym dumnie na szyi. Przy każdym stopniu stali Kogi, którzy lekko kiwali im głowami z sympatią. Gdy w końcu dotarli pod łuk, Mama Kojek podniósł się, by ich pozdrowić. Podeszli po kolei i także mu się skłonili.

Potem Mama Kojek zaczął mówić, a jego biała tunika lśniła w blasku pochodni. Na twarzach wuja Ala i burmistrza pojawił się wyraz bezbrzeżnego zdumienia, kiedy zdali sobie sprawę, że wargi szamana nie poruszają się, a jego słowa wyraźnie dźwięczą im w głowie. Beck mrugnął porozumiewawczo do bliźniąt.

– Starszy Brat wita Młodszego Brata u bram naszego świętego miasta. Po raz pierwszy od wieków zwracam się do ciebie z domu naszych przodków. Oto tradycyjne słowa, jakimi Kogi witają każdego, kto odwiedza ich w dżungli: „Witaj w naszym domu. Kiedy go opuścisz?".

Potem wystąpił burmistrz Rafael.

– Mamo Kojku – rzekł mocnym, zdecydowanym głosem – moi przodkowie przybyli tu wiele wieków temu i zabrali stąd coś, co należy do was. Dziś mamy przyjemność wam to zwrócić.

– Skarb, który przynosicie i który twoi przodkowie zabrali z tego miejsca, nie należy ani do Starszego Brata, ani do Młodszego Brata – sprostował Mama Kojek. – To krew Matki Ziemi, którą wszyscy dzielimy, i do Ziemi musi ona powrócić.

Uniósł prawą rękę wysoko nad głową w geście pokoju, z dłonią zwróconą do burmistrza. Wtedy z dżungli w dole dobiegł nasilający się stopniowo odgłos, jakby szumiącego morza. Szaman odwrócił się i przeszedł pod łukiem. Beck ruszył za nim na taras powyżej. Po chwili stanęli przed znajomym kształtem *la rany*, Kamiennej Ropuchy.

Dopiero teraz wargi Mamy Kojka poruszyły się i zaczął coś nucić w języku Kogi. Wszyscy Indianie, którzy wcześniej pozdrawiali ich wzdłuż schodów, otoczyli ich teraz wielkim kręgiem z zapalonymi pochodniami. Zdawało się, że śpiew szamana dobiega z samego wnętrza ziemi.

Beck stał za Mamą Kojkiem, a po bokach miał oboje bliźniąt.

– Chrissy – szepnął nagle. – Zanim to zrobimy, chciałbym ci coś dać.

Bliźnięta spojrzały na niego skonsternowane, jakby go złapały na rozmowie podczas papieskiej mszy na placu św. Piotra w Rzymie. Beck pogrzebał chwilę w kieszeni spodni i w końcu wyjął z niej brudne zawiniątko.

– Zapomniałem ci je oddać. Przepraszam, że nie udało mi się niczego złowić na kolację.

Christina wzięła wilgotną szmatkę i powoli ją rozwinęła. W blasku pochodni zalśniły spoczywające wewnątrz dwa złote znaki zapytania. Dziewczyna spontanicznie uścisnęła Becka. Mama Kojek znów przemówił.

– Dzieci Młodszego Brata. Przybyłyście tu z darem dla Matki Ziemi. Oto nadszedł wasz czas.

Beck i bliźnięta podeszli do miejsca, gdzie pod kamienną ropuchą znajdowało się niewielkie zagłębienie w ziemi. Śpiew dookoła przybrał na sile. Beck zdjął złoty amulet z szyi, po czym – z bliźniętami po bokach – zrobił krok naprzód i upuścił go w ciemność.

Potem odwrócił się i spojrzał w oczy Mamie Kojkowi.

– *Perdido no más* – powiedział uroczyście.

MISJA: PRZETRWANIE

BEAR GRYLLS

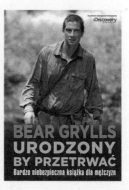